新潮文庫

盗　賊

三島由紀夫著

目次

第一章　物語の発端……七
第二章　決心とその不思議な効果……三九
第三章　出　会……八五
第四章　周到な共謀（上）……一三三
第五章　周到な共謀（下）……一六六
第六章　実行――短き大団円……二〇一

解説　武田泰淳

盗賊

――一九三〇年代に於《お》ける
華冑《かちゅう》界の一挿話《そうわ》

第一章　物語の発端

真剣な恋《グランド・パッション》というものは何もすることのない人間の特権なんだ。
——オスカァ・ワイルド
「ドリアン・グレイ」

極端に自分の感情を秘密にしたがる性格の持主は、一見どこまでも傷つかぬ第三者として身を全《まっと》うすることができるかとみえる。ところがこういう人物の心の中にこそ、現代の綺譚《きたん》と神秘が住み、思いがけない古風な悲劇へとそれらが彼を連れ込むのである。彼の固く閉ざされた心の暗室は、古い物語にある古城や土牢《つちろう》の役割をつとめる。彼と他人との間の心の溝《みぞ》は、古《いにし》えの冒険者が泳ぎわたった暗い危険な掘割ともなるであろう。

そして一方、昔の物語の花々しい悲劇の英雄、たとえば悲恋に傷つく勇者、人妻を恋して身を誤まり獄舎の露と消えた熱血漢などは、現代ではその直情径行が幸いして、凡庸な成功者、長寿をたのしむ幸福者となるであろう。

外的な事件からばかり成立っていた浪曼《ローマン》的悲劇が、その外的な事件の道具立を失って、心の内部に移されると、それは外部から見てはドン・キホーテ的喜劇にすぎなくなった。そこに悲劇の現代的意義があるのである。

そしてそれが、たとえば藤村明秀《ふじむらあきひで》のような自己韜晦《とうかい》的性格を通じて、古い冒険譚めいた異様な恋愛悲劇を現出することになるのである。

藤村子爵《ししやく》夫人は強羅《ごうら》の山荘の風光に倦《あ》き、その夏を子息と共にS高原のホテルで過した。子爵一人は常のごとく強羅へ行った。

S高原のホテルはまだ建ったばかりだった。山小屋風の建築で冬はスキーのために開いた。ホテルの前庭は勾配《こうばい》をなして大池の辺《あた》りまで下りていた。二階の窓からは日本アルプスと雲との投影がその大池一面に見下ろされた。

子息明秀は今年の春大学の国文科を卒業した。彼は鷹揚《おうよう》に育てられた。休暇毎《ごと》に父母に連れられて旅行するのが習慣になっていたので、学習院の初等科の頃休暇がおわって先生に提出される日記のなかに、彼のそれほど絵葉書と色鉛筆のスケッチを満載した浩瀚《こうかん》な旅行日記はなかった。この寡黙《かもく》な少年は極《きわ》めて見処《みどころ》があるように思われた。又一方、極めて頼りないように思われた。これはどういうことなのだったろう。ともすれば、きわめて頼りのないところが彼の見処だったのではあるまいか。不安定な果《か》敢《かん》さ、又は、躾《しつけ》のよすぎる人間が時として示すあの見当外れの勇気とでもいうものが。

そのホテルの滞在が十日に及ぶ頃の午前だった。明秀は母とロビイへ出て、卓上にちらかされた英文の観光雑誌を退屈そうにめくっていた。S高原では夏が地上へ下りて来ずに高空《たかぞら》を翼を光らしてすぎてしまうらしかった。煖炉《だんろ》では白樺《しらかば》が美しい火の色を見せて焚《た》かれていた。ふと明秀が、遠い山脈の見渡される硝子《ガラス》扉のほうをながめやったとき、風景の底から蜂《はち》の唸《うな》りのようなものがきこえてきた。彼は訝《いぶか》しげな顔を母と見交《か》わした。

大池のむこうの急坂をめぐって上って来るのは自動車に相違なかった。帳場の男とふざけていた十六、七のボオイが硝子扉の外へとび出して又はいって来て、「きっと原田さんですね」と言った。藤村夫人はそれをきくと、「原田さんて大和《やまと》村の原田さんじゃないかしら。原田さんのおばさまを御存知でしょう」「いいえ知りません」と明秀が御行儀よく答えた。

自動車は既に大池のほとりの門をすぎ、砂利の急坂を登り悩んでいるらしかった。抑《おさ》えつけたようなその音が苛立《いらだ》たしく高まった。ボオイがまた迎えに出て行った。明秀は膝《ひざ》の上の大判の観光雑誌がずれ落ちるのに任せた。車の方を気にする母の眼《まな》差《ざし》をわれしらず熱心になぞろうと力《つと》めていた。子供はよくこんな風な仕方で神秘を期待するものである。母の視線が神秘を喚起する力をもっているように子供には思われるのだ。公園などで、母の裾《すそ》につかまって、まわりの未知の世界の賑《にぎ》やかさ、めまぐるしさに驚嘆している子供を我々はしばしば見る。彼はそんな外界の驚異を、母の目の神通力が招き寄せ、それを彼の目の前にくりひろげてくれたのだと信じているのである。

それはさておき、止った車から真先《まつさき》に下りた人は、二三段の階段を上って玄関へ入って来た。

嘗《かつ》て見ぬほど美しい人だった。はじめ明秀はその人を平静な気持で見ていると感じた。しかしそれは麻酔の作用かもしれなかった。

どこか女丈夫めいた、熱を帯びた潤《うる》んだ声で、令嬢は帳場で部屋のことをたずねていた。彼女は時々玄関のほうをふりむいた。外に立って年配の夫妻が大池や山々を指さしてはボオイに何か質問していた。その人たちはやがてゆっくりと石段を上って来た。

「あら矢張《やはり》そうだ」と母が立上った。明秀は愕《おどろ》いた。彼は母のいることを忘れていたのだ。

原田氏は藤村夫人をみとめてその名が思い出せない内から親愛な愕きの表情をあらわすことに越度《おちど》はなかった。二人の夫人はたがいに駈け寄り、学校友達らしい若々しい言葉遣《づかい》で久闊《きゆうかつ》をのべた。それから藤村夫人はぼんやりしている息子をはげますように紹介した。原田夫人は初等科の頃の彼に会った記憶がある、などときさくに話した。その時一つの影が近づいてきて、うつむいている明秀の靴を翳《かげ》らした。

「美子《よしこ》でございます」と原田夫人が言った。藤村夫人はしげしげと令嬢をながめた。それのできぬ明秀はいたく母を嫉《ねた》ましく思いながら、目を伏せたままその人と挨拶《あいさつ》を交わした。

朝と夕方は霧の跳梁《ちようりよう》に任せられるので、草が乾《かわ》く間は日の高い内に限られていた。周囲の山々がかがやかな日差のために、多彩な混色とくっきりした翳を取戻すのは、一日のわずかな時間だった。

N池の周辺は鬱蒼《うつそう》とした森にかこまれていたが、ところどころ水に接して置き忘れたような草地があった。そこで美子は明秀の膝にもたれて午睡をとるのを日課とした。最も危険な安全さが彼女にとって最も居心地のよい場所だった。のみならず女一般にとって、そういう安全さを措《お》いて、真の安全さというものはないのだから。彼女は夢うつつに、森の奥でしている小滝の響をきいた。彼女はまた夢うつつに、自分の上をよぎってゆく雲の翳を感じた。明秀が彼女の眠りを妨げまいとして膝をほんのわずか動かすことさえないので、彼女は自分が枕《まくら》にしている膝の持主をやすやすと忘れることができた。

この愛の兆《きざし》を発見したのは藤村夫人よりも原田夫人の方が先だった。夫人は経験上、娘の変化に注意するまえに、娘の相手の変化に注意してそれと知るのであった。おとなしい行儀のよい青年が、熱っぽい目附とそれを裏切るような皮肉な笑いを浮べだした。それから彼は食事の時、原田夫人の問いかけに見当外《はず》れの返辞をした。藤村夫人は見かねて息子をたしなめた。たしなめながら彼女の赧《あか》くなるのが、ただただ、息子の無《ぶ》躾《しつけ》な振舞だけで頭を一杯にしての結果だと気づくと、原田夫人は俄《にわ》かに不安を覚えた。

今年の夏を葉山ですごさずわざわざS高原へ来た意味がうすれて来る。毎夏葉山で美子のまわりにおこる無数の小事件がわずらわしさに、今年の避暑地を、交際の不要なS高原に選んだのではなかったか。原田夫人にはこれから起るべきいざこざがありありと目にうかんだ。のみならず忙しい体《からだ》の良人《おっと》は来て二三日目に帰京してしまった。夫人は娘を見ているだけでも疲れるのであった。

まもなく美子と明秀との長い散歩の日課がはじまった。それでも藤村夫人は気がつかない風だった。

原田夫人はむしろ息子の一挙一動に敏感であるだろう藤村夫人の神経質な母性愛をたよりにしていたのであった。それが今では、藤村夫人の、何事にまれ自分が信じたくないことは信じずにいられれ、気づかずにいたいことは気づかずにいられるという頑《かたく》なな心の構造にほとほと呆《あき》れるばかりだった。藤村夫人のように平和な環境に数十年を送った人には、こういうふしぎな心の動き方が、つまり無意識界をも支配できるような鞏固《きようこ》な平和の意志が、そなわってくるものらしかった。

夜更《よふ》けの露台には誰も居なかったので明秀は美子をそこへ誘った。頰のほてりを癒《い》やしたかったのだが、ここでは夜風も霧も彼には火のように思われた。――美子は黙って手摺《てすり》に凭《もた》れていた。

「何を見ているんです」

美子はこんな場合誰でも手持無沙汰《ぶさた》に言うその言葉が異様な厳粛さを帯びているのがおかしかった。返辞をする前に彼女は霧にむかって軽くまばたきした。

「大池の方が……」

そう言いかけて彼女ははじめて大池へ目を移した。するとそこに見られた情景の凄《すさま》じさが次の言葉を奪った。

霧の合間から恰《あた》かも大池周辺の景色だけがおぼろな輪郭の中に浮び出ていた。二階の露台で見ると池はふしぎな広がりと曲線を以て望まれた。池の上には霧が、あるところは濃くあるところは稀《うす》く、ところまだらに立ち迷うていた。水面は亜鉛のような色を呈していた。めずらしい現象としか思われないが、在処《ありか》のわからない月が一面に打ち沈んだ光線を漲《みなぎ》らせ、それが移動して行く霧に映って池の上に幾本かの不定形な光りの柱を立てたように見えた。そして池の水面を濃い底しれない翳と夜明けの光線のような鈍い明るみとがたえず入れかわって、しかもきわめて徐《ゆる》やかに動いていた。

明秀はそれに一瞥《べつ》を与えたきりだった。見つづけていると美子と同じ動揺に包まれてしまいそうであった。それは何か暗い動揺だった。美子がこのふしぎな自然の光景に仮託して、言いかえればそんな光景が美子の心によびおこした恐怖の感情に仮託して、明秀の中に或る種の盲目的な衝動をよびさまそうとしている無意識のたくらみが、その底に感じられるような動揺だった。それは自然のあやしい景観をよすがとした一種暗澹《あんたん》たるコケトリイであったのである。

明秀はその危険を察した。察すればこそ、一瞥を与えたきりで目をそらした。しかし危険は、甘美な匂《にお》いを帯びて、彼の頬にすりよって来るのだった。

ある朝の散歩で藤村夫人が森の入口にさしかかった時、美子のハンケチをひろったので、部屋にかえってから彼女はわざとらしく手ずからそれを洗い、丁寧に乾かした。食事の折、席に着くやいなや夫人は帯からハンケチを出して、

「貴下《あなた》のじゃございません？」と美子に手渡した。夫人は美子がそれを検《しら》べている一瞬間に、その表情から何ものかを写し取ろうと待った。

しかし美子はハンケチを取るより早く、夫人への感謝以外の表情を示さなかった。それは真率でもあり、気持のよいものでもあった。

「あら、おそれ入ります、おばさま。わざわざお洗い下さって」

夫人はほほえみながら何気なく息子の方へ顔を向けた。すると息子の口もとに、ついぞ母に対して示したことのない露《あら》わな冷笑が泛《うか》ぶのを見た。夫人はようやく事柄の容易でない事をさとらねばならなかった。

明秀は、得た刹那《せつな》にそれを喪《うしな》うことで頭が占められてしまう性格だった。否《いな》むしろ得る前に喪うことしか考えられなくなる性分だった。美子をはじめて見た時の戦慄《せんりつ》は

何であったか？　彼は逸早《いちはや》く彼女を得た時を想像し、更に自分の手から喪われた時を想像して戦慄したのに相違ない。世間で空想家と呼ぶ人は中途半端な空想家に過ぎないのだ。彼は空想の中にぬくぬくと安住できる人間である。これにくらべると、明秀の如《ごと》きは度をすごした現実家であったかもしれない。可能性も蓋然《がいぜん》性もあまりに現実的な姿をして現われるので、彼には空想の余地さえない程だった。彼の想像力は瞬間的な天賦《てんぷ》の推理力ではなかったのであろうか。何事かが自分の身に起ると彼は悪い想像の極端まで先走りをして、その壁際《かべぎわ》に身をおしつけて、現実も亦《また》彼と同じコースを辿《たど》ってこの壁際まで押しよせて来ないかと胸を轟《とどろ》かせた。嘗《かつ》てその浪頭《なみがしら》は、一抹《まつ》の不満足を彼にのこしたまま、彼の立ちすくんでいる壁際からはるか彼方《かなた》で退いてしまうのが常だった。——しかし不幸にして現実の波が予想どおりにその袋小路の壁をめがけて驀進《ばくしん》し、飛沫《ひまつ》のなかに彼を包んで運び去るとき、彼は絶望と共に一点の満足を覚えはしないだろうか。

彼は美子の若い葉のように弾力のある掌をそっと握りながら、「もしこの人がいなくなったら」と竦然《ぞつ》として幾度か思った。この竦然とする気持の底には、冒険家が死の刹那に感ずるような、不真面目《ふまじめ》な甘美なあるもの、子供がサーカスや戦争を喜ぶ気持に通うもの、あの原始的な悲劇の本能がひそんでいなかったと誰が言えよう。

「お部屋に思い切り花を飾りたいわね」

と何気なく言い出した藤村夫人に、

「森のむこう側にお花畠があるそうよ」

と原田夫人が答えたことから、午餐《ごさん》の後、花摘みの、散歩が計画された。

明秀と美子を誘ったが、二人とも曖昧《あいまい》な返事をして、行こうとしなかった。仕方なしに夫人たちは二人きりのピクニックの用意をした。「往復一里ぐらいありますよ」と明秀が言った。バスケットを下げた母親同士の出発を明秀と美子は面白そうに見送った。

森を通う小径《こみち》は散歩のためにわざと迂回《うかい》させて同じ小川を二度も渡るように拓《ひら》かれているのではかどらなかった。森の半ばまで来て藤村夫人は白樺で作ったベンチに腰を下ろした。

「あたくし何だか頭が痛むの、出る時からすこし変だったのよ」

原田夫人はいまさら藤村夫人をホテルへ帰したくなかった。冷淡に見えるのもかまわずに「歩いているうちに癒《なお》るから」と励ましたりした。しかし藤村夫人は帰ろうと主張して頑なだった。

二人の夫人は何故ともしれずお互いより速く歩こうとして往《ゆ》きの半分ほどの時間でホテルへかえった。

そして藤村夫人は自室のドアに鍵《かぎ》がかかっているのを見出《みい》だした。

原田夫人は部屋へそのことを知らせに来た藤村夫人の目色をおそろしそうに眺めた。その目は原田夫人の共謀を疑って燃えていた。

「合鍵をお持ちなの?」と原田夫人はたずねた。

「ええ」藤村夫人は気がついたように帯を探った。

「開けてごらんになればいいのに」——原田夫人は放置《ほう》っておきなさいと言いたい気持の反対を言った。すると藤村夫人は私にはとても出来ないからあなた開けて頂戴《ちょうだい》とたのむのだった。

原田夫人は合鍵をうけとると、それを使う時刻を少しでも延ばそうと力《つと》めだした。彼女は時間をこの鍵の中へ捕えようとしていた。あの部屋の扉をあけるためにここから出てゆくこともせず、窓の外をぼんやりながめながら、手の鍵でかるく髪を掻《か》くようにしていたのである。

その時しずかに扉があいて美子と明秀が姿をあらわした。二人は先刻《さっき》せっかちにノップをまわす唯《ただ》ならぬ音をきいたのだった。時間を見はからって二人はその部屋を出てこの部屋へ来たのだった。

それを見ると原田夫人は安心のあまり手の鍵を絨毯《じゆうたん》へ落した。

藤村夫人は椅子の背に凭れて蒼《あお》ざめていた。彼女がたえず息子に対して及ぼしていた筈《はず》の磁力が衰え、彼女をして息子と彼女との共同の危難を直感させたのである。ふしぎにも夫人の考えから原田夫人と美子とは除かれていた。闇《やみ》のなかを手さぐりするようにして彼女の心は嗄《しわが》れた声で息子の名を呼びつづけた。自分と明秀の運命の上に入り乱れて来る蹄《ひづめ》の響をきくような心地がして。あるいは彼女は、息子との間に在ったものが単なる一致ではなく一つの親しみのある距離であったことを知りはじめたのであろうか。それが却《かえ》って夫人を駆って物狂おしくも共同の危難を信じさせようとするのであろうか。愛と理解とが矛盾せざるを得ない母性愛の理不尽な仕組を、夫人はこのお先真暗な一刹那《せつな》へ無意識に推《お》しひろげようとしたのではなかろうか。

明秀は思いがけなく、おだやかな面持《おももち》で彼の方へふりむけられた母の顔を見た。しかし母の眼差《まなざし》にはまだ暗いものが波立っていた。彼女は息子を理解しているのではなかった。のみならず彼女は息子をそのかし危険な闇のなかへ追いやる母親のようにみえた。

美子と原田夫人は窓を背にして、この母子《おやこ》の悲劇的な瞬間を眺めていた。夫人はこういう場面を何度となく目《ま》のあたりに見たような気がした。場面と場面は重なり、同じような仄暗《ほのぐら》い室内で同じような不幸な母子が懸命にとりつくろった睦《むつま》じさを装《よそお》いながら向い合っていた。多くはそれは不幸の幻影にすぎぬものであった。美子を忘れかねつつも、彼等はその忘れえぬ面影をえがくに適当な、個性のうすい花嫁を求めたからである。

——明るい山光の窓をうしろに、髪の輪郭を美しく輝やかせている美子は、自分が担《にな》い手であるこの終局の空気を呼吸しながら、寛《くつろ》いだとらわれない容子《ようす》だった。彼女は自在な力を感じた。愛が正確に彼女自身の所有に関《かか》わることを。彼女がたえず危険な均衡を欲して来たのも、この遍満の戯《たわむ》れにすぎないことを。

彼女は明秀がこちらを向きそうになったので目を外《そ》らした。

永《なが》の年月《としつき》、藤村夫人は世間並の考え方を好んでとるようになっていた。才媛《さいえん》で鳴らした昔をもちながら、いつのことからか自分の心の平静をうばうようなあらゆる種類の才能を放逐した彼女であった。今はもはや息子と美子との結婚のことしか考えなかった。藤村家の流儀である、万事内密に運ぼうとする遣《や》り方には危機を延ばす効用はあったが、他面延ばしながら危機を育てて大きくしてしまう惧《おそ》れもないではなかった。

しかし彼を一先《ま》ず美子から引離すために、明秀にだけはこの目論見《もくろみ》を打明ける必要があった。

こうした陰謀に気づかなかった原田夫人は、ある朝明秀がほがらかな調子で夫人を訪れ、

「きょう母とかえります。色々お世話になりました」

と挨拶《あいさつ》するのを聞いて思わず、どこにいるかわからない娘の名を呼びつづけた。娘だけがこの謎《なぞ》を解いてくれるように思われたのだ。美子の返事はなかった。夫人は面映《おもは》ゆ気《げ》にドアの外までわざわざ見に行った。明秀には夫人のあわてようが可笑《おか》しかった。彼も亦藤村家の家風でこのような人のわるい隠し立てを喜ぶのであった。

夫人は明秀の傍《そば》へかえってからもますますおどろいた風をしていた。しかし明らかに二度目のおどろきは贋物《にせもの》だった。ようやく意識されて来た安堵《あんど》を隠そうとするそれである。立てつづけに彼女は、私がどうしてもお母様をお引止めするわ、私達を先に置いてお帰りになるなんて何ということでしょう、と言いつづけた。

午《ひる》すぎに四人は車に乗った。恰《あた》かも下の坂道を野の花の花束を手に手に抱《かか》えたホテ

ルの西洋人の家族が散歩からかえってくるところだった。彼等は花束をさしあげ、車の人々に別れを告げた。肥《ふと》った主人はステッキを高くあげた。車の夫人たちは手を振ってそれにこたえた。

その感動がしばらく四人を黙らせた。

「シュナイダーさんは一家円満だことね」

考えもなしに言う藤村夫人の言葉から、原田夫人は、今頃何をしているかしれない夫のことを考えずにはいられない。母の聯想《れんそう》をそれと察して、美子はくすりと笑って下を向いた。「どうしたの？」と明秀が笑いながらたずねた。

たずねられて彼女が紅《あか》くなったのは、この質問の稚《おさ》なさに腹立たしくされたためだった。

「いやな方」――彼女の目は明秀の顔をちらりと見た。その刹那に明秀は、美子が自分と母との共謀を直感し無言の裡《うち》にそれに加担している証拠を見たと感じた。折しも眼下にひらけてゆく、日に照らされて織物の絵を思わせる村落へと、彼は満足気《げ》な一瞥《べつ》を投げた。

藤村夫人と明秀をのせた汽車が出ると原田夫人はほっとしてホームの椅子に腰を下

ろした。

「疲れたわね。駅の近所にお茶をのむところはないこと?」

美子は何か母が話したいことがあるにちがいないとさとった。普段は友達のような母がこういう時急に彼女の心を鬱陶《うっとう》しい気持にさせるのである。彼女はこういう時の母を、自分を突然理由もなしに裏切った友達を見るような目つきになって見るのだった。——二人は駅を出てから、田舎風な喫茶店の、それでもいくらかましな一軒の引戸をあけた。

お茶をのみながら夫人が、

「万一藤村さんからあなたを貰《もら》いたいようなお話があったら、どうして?」

「あたくしそんな事考えもしなかったわ」

美子は潤《うる》んだ気持のよい声で答えた。それをきいて却って夫人は安心を覚えるのであった。娘のすることに一つの型があり今度もそれが外れなかったという姑息《こそく》な安心だ。彼女はむしろ、万一娘が結婚すると言い出したらどうしようと思っていた。この娘を見ていると、ふしぎに夫人は母であることを逃げ出したいとばかり念じるのだ。

——何気なく美子が言い出した。

「明日かあさって、安川さんが来る筈だわ」

「ホテルへ？　あなたがお呼びしたの？」

「きのう電報を打ちましたの。藤村さんがおかえりになることがわかったから……」

怒ろうとして原田夫人は思い止まった。――彼女は悲壮な気持で、今度も亦娘と一緒に安川という青年を待とうと努めるのだった。――この努力は、偶然、原田夫人の秘密な欲求、娘の逸楽に第三者としてでも自分が与《あずか》りたいとねがう気持を、無意識裡《り》に暴《あば》いたものであった。薄暮に二人はホテルへ還《かえ》った。

＊＊＊

原田夫人の帰京を待って訪問した藤村夫人は要領を得ぬ返事を得たのみだった。若い人同士のあやまちを繕うという理由から持ち込まれたこの話は、むしろ別な意味で――、娘の不羈《ふき》奔放がもう結婚というような在《あ》り来《きた》りの手段では却って悪い結果になる程度まで昂《こう》じていることについての世間の噂《うわさ》が、藤村家のような物堅い家へは案外ひびいていなかったという発見で――、原田夫人をおどろかせた。なぜなら藤村夫人は、自分の清純な息子が、何もしらない清純な令嬢と、何らかの魔のみちびきによって恋愛に陥った、という話し振りであったから。原田夫人は遷延《せんえん》工作に出た。九月の末にすでに原田家にその意志のないことが分明した。藤村夫人は原田夫人に絶交を宣言した。

確信がないという確信がいちばん動かしがたいものを持っている。しかも明秀は、異常な推理力の持主だった。その一方、どのみち物事は極限まで来ないという謬見《びゅうけん》の下に、自分と馴《な》れ合いのあの不満足を甘やかして来た。彼はあまりに早く喪失を覚悟し、それと顔をつき合わせて暮して来たので、家族の成長を知ることが難《むずか》しいように、現在の刹那を測る物差を失くしていたのだ。今、目の前にあることが、怖《おそ》れつづけて来た喪失そのものだと彼には信じられなかった。おっとりと育てられて苦痛の味をかつて知らない明秀には、緩慢な、はじめは自覚症状を伴わない苦痛が、理解の外にあったのだ。明秀の心の動きには時折少女のような無自覚さが顔を出すのだ。

むしろこの破談を機会に、思う存分おどろいておくべきだったのだが、彼は大しておどろかなかったことを自分が楽天家である証拠と思い、見当外れな安心をしていた。案外まだ傷ついていないぞ、というこの自信が、凡《すべ》てを危険の方へ追いやる鞭《むち》なのではないか。しかし、薄氷の方へ方へと、まるで氷が割れて落ちることを希《ねが》うかのように進んでゆくあのスケーターのふしぎな衝動を、誰も止めることはできない。

明秀は母の禁を冒して小石川大和村の原田家へ電話をかけた。彼女は会いたいから来てくれるようにと言った。

　男には屢々《しばしば》見るが女にはきわめて稀《まれ》なのが偽悪者である。と同時に真の偽善者も亦《また》、女の中にこれを見出《みい》だすのはむつかしい。女は自分以外のものにはなれないのである。というより実にお手軽に「自分自身」になりきるのだ。宗教が女性を収攬《しゅうらん》しやすい理由は茲《ここ》にある。——美子は今では明秀の求めを斥《しりぞ》けたのは自分のせいではないのだと信じていた。彼女はただ、こういう自分をわかってもらいたかった。一方明秀を少しも愛していない「自分」の方はわかってもらわなくともよかった。

　しかし流石《さすが》に美子は弁解の悪質な副作用をよく知っていた。彼女は一言も弁解せずに、その事柄に触れそうになると、辛《つら》そうな眼附をするだけだった。

　実は彼女の弱点がこのような時期にこそあらわれて暗黙に機会を示していた筈なのである。明秀は勇気をふるい起し、彼女が夢にも知らない彼女自身の誤魔化しをあばいてやればよかったのだ。「傷つけられている」という空想が、彼女を殉教者の法悦へ駆ったかもしれないのである。——しかるに明秀は役割をとりちがえた。彼はおとなしい生徒のように彼女の言葉に耳傾けた。わからない個所が出て来ても彼は健気《けなげ》に、わからないのは自分のせいだと自らを責めた。彼は年齢の効用を弁《わきま》えていなかった。女の心に全く無智な者として振舞いながらその心に触れてゆくやり方は青年の特権であるべきなのに。

『やはりこの破談は彼女の発意ではなかったのだ。何か僕にいえない理由があるのだ』

――彼はそう断定した。愛というものは共有物の性質をもっていて所有の限界があいまいなばかりに多くの不幸を、惹《ひ》き起すのであるらしい。彼は虔《つつ》ましく自分の愛だけを信じているつもりだった。かくしてしらぬまに、彼が美子の中に存在すると仮定している彼への愛の方を、もっと多量に信じていたのだ。

牡丹《ぼたん》が花をひらいたように、彼女の中に残忍な本能がめざめた。それは調練の本能である。

明秀が美子を代えがたいものに思う事が烈《はげ》しくなれば烈しくなるほど、彼はますます少ない報いで心足りた。それを彼は彼女への尊敬の念が育ってゆく証拠だと思っていた。S高原の毎日とことかわり、彼は彼女をうっとりと眺めて数十分いるだけで、一日中十日間の幸福を仕入れる事ができた。ついには電話でその声をきいただけで、一日中夢心地にすごせるように陶冶《とうや》された。

女の中に時としてめざめるこの強い衝動的な調練の本能には、却って屈折した服従の心理が、敗北への欲求がひそんでいるのではなかろうか。望みどおりのおとなしい家畜が出来上ると、その時から見るのもいやになって、彼女は家畜を放逐する。彼女はその調練をくぐりぬけてくる一個の屈強な、危険きわまりない猛獣の出現を待っているのである。

秋おそいある日、明秀が電話をかけてみると、彼女は父に従って紀州のお国へと昨夜旅立った由であった。二三日前会った時には彼女はそれについて一ト言も言わなかった。あらかじめそれと知っていたなら、無理にも彼女と共に発《た》ったであろうに。ところが紀州への美子の旅は、いつ果てるともしれなかった。電話に出て来る婢《はしため》の返事は、「まだおかえりになりません」の一点張であった。たまたま叔父に誘われて出た遠乗会で、明秀は乗馬服姿の美子と会った。

「ごめんあそばせ、お電話しようと思いながら。……わたくし一昨日かえりましたのよ」

彼は美子の傍《かたわ》らに従弟《いとこ》だという、彼より年若なおとなしそうな青年を見るのみだった。しかも彼は別段嫉妬《しっと》をおぼえなかった。ある人にあっては独占欲が嫉妬をあおり、ある人は嫉妬によって独占欲を意識するのだが、はじめから喪失をしか考えない彼には嫉妬の兆《きざ》しようがないのだった。

美子はよそへ寄るといって明秀と別れて一人で車に乗った。銀座裏のY洋裁店の前で下りた。

鏡の中の自分の肩にそらぞらしく光っている仮縫のピンを見ると、明秀のたえず訴えるような眼差に接したあと、いつも彼女を待ちかまえている滅入《めい》った気持・苛立《いらだ》たしい気持を、そのピンが具象化しているように思われて、鏡の中のピンのきらめきに、ますます気分の苛立ってくるのがわかるのである。こうした曲りくねった腹立たしさは不快なものだ。むしろ端的な腹立たしさがのぞましかった。明秀が端的に、彼女にとっていやでたまらない男だったら、彼女は明秀を愛したかもしれないのだ。


遠乗の日以来、美子の姿は明秀の目から去った。電話も手紙も甲斐《かい》なかった。二度三度空《むな》しく訪ねるうちに玄関へ原田夫人自ら出て来てむりに彼を客間へ通し当りさわりのない話題で彼をいつまでも引止めた。

「もうかえると思いますのよ……」夫人は何度となく日の短かくなった薄暮の窓へと目を移した。

こういう事が数回重なったので、早くも原田家を訪れる勇気は挫《くじ》けた。何より先に彼の躾《しつけ》が許さなくなったのだ。

ほかの若者なら考えるであろう冒険的な手段、たとえば女の来そうな場所に網を張って現われたが最後離さずに思いをとげるという手段も、彼には夢の又夢だった。『そんな非現実的な、小説みたいな真似が出来るものか』――いずくんぞはからん、身近のことにまで及ぼしすぎる彼の夢想が、普通の人なら実現してしまう事柄をも、却って夢のような考えだとしか思わせぬのだ。

藤村夫人はこの危険な数カ月を何をしていたのか？　彼女は交際を禁じてからも息子が屢々《しばしば》原田家を訪れた事など夢にも知らなかった。（明秀が外出先を母にいつわる事で一向良心を責められないのに、概念的な躾や作法によっては始終掣肘《せいちゅう》されているという事は注意する必要がある。）しかも夫人はあのおどろくべき意志力のおかげで、信じたくない事は信じないでいられ、考えたくないことは考えないでいられた。美子と会わなくなった明秀が引きこもって勉強に専念しはじめたように思われたとき、夫人はますます安心した。しかし年末の恒例の小旅行を明秀が頑なにことわった時、夫人ははじめて愕《おどろ》いてみた。

明秀の痩《や》せて来るのを見ても、夫人はいつも気のせいだと思って忘れてしまうのだった。子爵《ししやく》の目にもそれが明らかになったので、彼女は明秀を医者に連れて行った。医者は運動不足を理由に挙げた。彼女は息子を朝夕一緒に散歩させた。冬枯れの坂の多い屋敷町を二人はあまり話をせずに歩いた。時には同じ道に飽きて町中《まちなか》に出てみることもあった。

明秀は脇目《わきめ》もふらずに歩くので電車が近づくのに気がつかないことが屢々あった。夫人はうしろからあたり憚《はばか》らぬ叫びで息子を呼び止めた。それは道ゆく人をふりむかせるほどだった。しかし少年時代の彼とちがって明秀は別段恥かしく思わなかった。彼はぼんやりと母をながめるだけだった。——夫人は夫人で、二人を不幸な母子とみるであろう人の思惑にはこだわらなかった。彼女は居心地のよい不幸を娯《たの》しみ味《あじわ》おうとしているらしかった。

路の片蔭《かたかげ》には汚れた雪が残っている二月末のある日のこと、藤村夫人は朝食をすませるとすぐ外出した。午近く帰宅した。明秀は留守であった。原田家から夫人の留守にかかって来た電話を口止めされた召使は、お友達の新倉様のお電話でお出掛けになりましたと答えた。夜分明秀がかえって来たその顔を見て、夫人は「おや顔色がよくないのね。熱があるのじゃなくて」と言った。これは明秀に言訳の暗示を与えたようなものだった。「大丈夫、すこし寒気がするだけです」

彼は自分のベッドのそばまでどうして歩いて来たか不思議だった。原田家のかえり、当てもなしに歩きつづけた疲れが、快く湧《わ》き昇って彼を辛うじて宥《なだ》めた。

＊＊＊

その三四日前から原田家にはめずらしい来客があった。それは美子の幼な友達の三宅《みやけ》であった。学校を出るとすぐ父の経営している製糖会社へ入り見習のために台湾の現場へまわされた。その土地に親しむにつれて離れがたくなった。東京の本社からの鄭重《ていちょう》な招きにも応じなかったのは別の理由があると噂された。彼の父は病身の母と別れ、三宅の留守に第二夫人を家に入れたのだというのである。――しかしどのみち本社へ還《かえ》らねばならぬ時期が来たので、彼は打合せのために東京を訪れたが、寝泊りはホテルで為《し》た。打合せがすみまた台湾へ後始末にかえる前に、原田家をたずねる気になったのだった。

原田家では彼を息子のように迎えた。南の未知の地方の太陽に灼《や》かれた彼は、家庭の不和から来る心痛を口に出さないことで、一層英雄化されて原田家の人たちの目に映った。彼には野蛮と優雅とが程よい均衡を得ていた。学生時代には登山に熱中した彼は、まだあの遠いもの眩《まぶ》しいものを望む時の眼差を失わずにいた。

原田家では、彼がホテルを引揚げて台湾への出立までこの邸《やしき》に泊ってくれるように勧請《かんじょう》した。その晩から早速彼は気持のよい大法螺《おおぼら》で、七十になる原田氏の母堂をまで魅した。奇妙な方法で行われる砂糖盗人、つまり会社の砂糖庫から遠からぬ所に蜜蜂《みつばち》を飼い自前の砂糖を使わずにすませるちゃっかりした養蜂《ようほう》家の話や、火龍《かりよう》が踊り山車《だし》がねりゆく媽祖祭《まそまつり》の話など。

その三四日の間に何かが起ったもののようである。三宅と美子とはお互いに意地悪をし合っているような奇妙な親密さを見せて来た。家族が集まって話しているとき、いつにかわらぬ三宅の大法螺を、美子はきかぬふりをしていることがある。そうかと思うと、美子の呼びかけに、わざとのように三宅が返事をしないことがある。こんな微妙な兆候は原田夫人にすらはっきりとつかまれなかった。おそらく二人には秘密にしたいという欲求と人に知られたいという欲求とが覇《は》を争っていたのであった。この後のほうの欲求を、二人が仲が悪くなったと思わせるような逆説的な表現でちらつかせたのだ。社交的な婦人の常として原田夫人は、三宅に気まずい思いをさせぬように美子を三宅にもっと親しませようと心を遣《つか》わざるを得なかった。こうして二人は公然と親しげな様子をみせることもできるのだった。

ある朝三宅は九時すぎに起きた。珍らしく温かい美しい朝だった。彼は出窓の寝椅《ねい》子《す》にごろごろしていた。昨晩からどうしても一緒に台湾へ行きたいという美子の我儘《わがまま》をもてあましていた彼は、今度の台湾行は一ト月たらずでかえって来るための後始末にすぎないのだから一緒に行っても仕様がないという言訳を又くりかえすのが面倒さに、(その実、彼の台湾に於《お》ける『後始末』には、美子に知られては困る種類のものもないではなかったので)、今朝は美子がそれを言い出す先手を打って、こんな風に話しかけた。

「学校友達に会ってみたいんだよ、皆の近況をききたいのでね」

しかしわざわざたずねてまわる気にもなれないと彼が言うと、

「お呼びになればいいじゃないの、ここへ」

と美子が言った。

「昼間はみんなお勤めだよ。そう……」と彼は考えて、「そうだ、昼間でも大抵家に居る奴《やつ》が一人いる」

藤村は学習院で三宅より二年後輩だった。三宅がしじゅう授業を怠けてごろごろしていた山岳部の部室と隣の史学会の部室との間の壁がこわれていたために、史学会の部員と顔を合わすことが多かったが、ある時三宅がいたずら半分に、そのわれ目から煙草の吸殻を五六本もまとめて史学会へ投げこんでおいたすぐあと、学生課の教授の臨検があって、史学会から吸殻が発見され、居合わせた部員が注意をうけたので、あくる日藤村が山岳部に一人居た三宅のところへ怒りに顔を青くして詰問《きつもん》に来たのであった。三宅はまだそのときの神経質そうな藤村少年の顔をおぼえているが、入って来ると一言も言えないで、まるで自分自身が責められているようにうなだれてしまった。三宅は自分より弱い人間を見るときの一種苛立たしい不快な感情で、高飛車に出て怒鳴りつけた。すると藤村少年がとびかかってきた。気の毒なほど弱い腕力だった。しかしこの喧嘩《けんか》が機縁で、二人は全く正反対な気質のものが往々もつあの永続的な友情をもつようになった。彼等は非常な勢で中和しようとしている二種類の薬品に似ていた。しかし学校を出ると、藤村は学者になるとのことだったし、三宅は台湾へ行くことになったし、殆《ほとん》ど文通も絶えてしまった。

「どなた?」

「藤村という男さ」

「藤村さん?」

美子は思わず険《けわ》しい頬になって問い返した。

三宅という男は若いくせに植民地ずれがしていて時々巧みな腹芸《はらげい》を使うことがあった。美子と藤村とのS高原でのいきさつを彼が誰かの口から誇大にきいているのかもしれなかった。それで今、美子の試験台に藤村を呼び寄せようとしているのかもしれなかった。

自分が捨てた男に対して女が抱《いだ》く不遜《ふそん》な感情の常として、美子は藤村を過小評価していた。偶然他に人のいなかったS高原だけに、藤村のような男を愛してしまったのだと後悔していた。彼女の過去のいろごとのなかでも、一番つまらないいろごとに彼女はそれを数え入れた。

だから三宅が藤村とのいきさつを誇大にきいているとすると、それは彼女の矜《ほこ》りをきずつけることにしか役立たぬ筈《はず》だった。彼女は三宅のためではなく、彼女自身のために、三宅の蒙《もう》を啓《ひら》かなければならなかった。彼女は今こそ藤村を三宅の前で三宅と共に嘲《あざけ》り笑ってやらなければならなかった。三宅に彼女の高い価値を知らせるために。

「藤村さんならあたくし馬で御一緒になったことがよくあるのよ。あたくし電話をかけてお呼びしますわ」

三宅は愛している生徒に罰を課した先生のような目附を、部屋を出てゆく美子の後《うしろ》姿《すがた》に投げた。それからパイプを退屈そうに磨《みが》き出した。

美子が何を言っているのか明秀には聞きとれなかった。あらぬ方を向いて、呟《つぶや》くように言いわけをするように、的外《まとはず》れの返辞をくりかえすだけだった。

受話器をかけた時、最初にひらめいた考えはこうであった。『ひょっとすると、彼女は僕を思い出し、僕だけを待ちこがれるほど、今は寂しい女になっているのかもしれないぞ』

彼の秘密主義のおかげで、友人によって齎《もた》らさるべき美子に関する新らしいニュースが何一つ届いていなかったからこそ、彼はこのような囁《ささや》きに耳を傾けることもできたのだ。

明秀はタクシイを呼びとめた。できるだけ老朽した車をみつけて。ゆく途《みち》でそれが衝突して粉微塵《みじん》になってくれたらと祈りながら彼は車に乗った。車が道の凸凹《でこぼこ》ではげしく音を立てて揺れると、瀑布《ばくふ》の近くにいて感ずるようなあの甘美な冷え冷えとした感じが胸に迫った。

明秀はまず三宅を見出だす。明秀はこの無邪気な仕組まれた冗談に対して自分も懸命に無邪気であろうと努力する。彼は自分のためにこんな面白い見世物を見せてくれたことを二人に感謝する。ところが役者と観客の位置が段々入れかわる。彼は廃墟《はいきょ》のような舞台の上にひとり残される。三宅の友情に充《み》ちた言葉もこうした状態をひどいものにするだけだ。しかも美子は三宅の前に、明秀と自分とが『何でもないのだ』と印象づけるよう力《つと》める。明秀はそれを直感し、それに従い、手を貸し、身を捧《ささ》げる。

彼はこの失礼な共謀の無言の申出をうけいれ、忠実に、これ以上はのぞめぬほど忠実に履行する。三宅は危機に気附く。凡《すべ》てを元の冗談へ還元しようと試みる。それはますます明秀を傷つけるのに役立つばかりだ。

——こうした予想通りの成行は、思えばみな彼の自業自得である。どうして彼はこう、彼自身としてしか振舞えないのだろう。どうしてこう、彼は(美子や他の第三者に忠実であるようにみえながら、その実)自分自身に忠実にしか振舞えないのだろう。忠実。それは彼が彼自身の心に与えた千篇一律の社交辞令であったのだが。

ともあれ、その夜、彼は自分のベッドのそばまでどうして歩いて来たか不思議だった。原田家のかえり、当てもなしに歩きつづけた疲れが、快く湧《わ》き昇って彼を辛うじて宥《なだ》めた。

第二章　決心とその不思議な効果

おしなべて人は担《にな》うや
死の兆《きざし》……

——十六世紀愛蘭《アイルランド》古詩

嫉妬《しっと》こそ生きる力だ。だが魂が未熟なままに生い育った人のなかには、苦しむことを知って嫉妬することを知らない人が往々ある。彼は嫉妬という見かけは危険でその実安全な感情を、もっと微妙で高尚な、それだけ、はるかに、危険な感情と好んですりかえてしまうのだ。

藤村家代々の墓所は紫野《むらさきの》の某寺にあり、そこで毎年行われる法要の日が迫っていた。藤村家の分家と主な親戚《しんせき》の二、三は京都に定住していたので、子爵《ししやく》夫妻は明秀と共に、名高かった藤村コレクションの蒐集《しゆうしゆう》者である父明景《あきかげ》の忌日をその地で迎えるのが例になっていた。明景子爵の経歴には明治期の華族にお定まりの欧羅巴《ヨーロッパ》遊学の一項がなかった。著名な東洋美術研究家亜米利加《アメリカ》人F……氏と提携して、当時なおその価値が知られていなかった東西古美術を交換し或いは斡旋《あっせん》しあいながら蒐集した。しかし不肖の子が生れることはこの家の宿命であるようだ。嫡子明良《ちゃくしあきなが》は父の遺言によって厖大《ぼうだい》な蒐集が残らず諸方へ寄附されるのをさばさばしたとしか思わない人だった。（尤《もっと》も蒐集それ自体確たる系統的なものではなかったから、こうした処分に対する世の非難は寡《すく》なかった。）明良は青年時代見習士官として仏蘭西《フランス》に遊学していたが、帰って来ると会う人毎《ごと》にこう吹聴《ふいちょう》するのを忘れなかった。「親父《おやじ》のコレクションだって？　あんなものは巴里《パリ》へもってゆけば古道具屋程度だよ」――むしろ明景子爵の性向は次男の明信に伝えられたように思われる。明秀の叔父に当るその人は建築科を出て途中から茶室の研究に熱中し京都に居を定めて子供ももたない気楽な身を、閑雅ではあるが人目には退屈なこの仕事に打込んでいた。

祖父明景子爵の薨去《こうきょ》は明秀が十一歳の春であり、それから毎年、彼は殆《ほとん》どその法要のための京都行を欠かしたことがなかった。年毎の思い出は寸分のちがいもなく重ねられてゆき、さまざまな旅の思い出のなかでも一ト際《きわ》厚い忘れがたい層をなしていたが、あれは昨年あれは一昨年と区別することは、不可能に庶幾《ちか》かった。遠州好みの茶庭と共に、いつも同じ調度同じ人々の顔が漂うている。時がそれらの人の幾人《いくたり》かをすでに洗い去っているとしても、思い出のなかでは、昔にかわらずその人たちは閑《しず》かな款晤《かんご》をたやさぬであろう。

藤村子爵が突然風邪《かぜ》に罹《かか》った。肺炎の惧《おそ》れがある由《よし》で主治医が泊り込んだ一夜もあった。幸いに喰止《くいと》め、もはや案ずる容態ではなかったが、母は子爵がぶりかえすのを怖《おそ》れて残り、京の法事へは明秀が名代《みようだい》で立つことになった。東京にある二、三の親戚の老人達と出立を共にすべきを、わざと一人遅れて法事の前日になって発《た》った。

汽車に乗ると彼はえもいわれぬ安堵《あんど》を覚えた。心の忌《いま》わしい痛みを母に気附かれまいために、昼も夜も静心《しずこころ》なかったが、それが或いは痛みを紛らせるのに何より役立っていはしなかったか？　すると今のつかのまの安堵は何か？　自分にもなお弁《わきま》えがたい無残な苦しみと、もっと親しくなりたがっていたのではないか？　母はその邪魔者ではなかったか？――列車は玉《ぎよく》のような曇り日のなかを走っていた。つややかな茜色《あかね》の茶畠の連なりが、もくもくと蠢《うご》めくように窓外に移った。

――次第に彼はあせりはじめた。たしかに懐《ふところ》に入れておいた財布をさがす人のように、彼が開き直って復習しはじめようとした苦しみはそれと同時に姿を消したかと思われた。ふしぎな安堵はしつこく彼の目の前を去らなかった。愛する者同士が他人にその恋を隠し合う初々《ういうい》しさとは流石《さすが》の明秀にも見紛《みまご》う由のなかった美子のあの殆《ほとん》どはしたない冷たさは、彼女が自分の心のやさしい動きを故意に押し殺そうとしている努力のあらわれであったとしても、それで三宅に対する親しげな言葉遣《づか》い・活々《いきいき》とした眼差《まなざし》が解きえようか。(三宅への度外《はず》れた親しみの表現をこの人の前では些《いささ》かも憚《はばか》る必要がないという種類の「気のおけぬ友」として、彼女は明秀を三宅に印象づけたかったのだが、いずれにしても明秀は三宅のいない場所でもう一度美子に会っておくべきではなかったか。明秀は役目に忠実であろうとしすぎて、却《かえ》って彼の性根を見誤まったのではなかろうか。)あの日の美子の熱意ある発音(それは三宅に向けられたものだけに、尚《なお》一層甘美に聞かれた。)豊麗な笑い声は幾度彼の耳に蘇《よみがえ》り、幾度母を憚ってそれを抑えつけたか知れないのに、今やその声ははるか遠く力弱く響いているばかりか、あたり一面に痺《しび》れるような快さが立ち罩《こ》めてくるのが感じられた。

——この麻薬のような快さの中にこそ、明秀の本然なものが現われていた筈《はず》だ。藤村家の性格に伝わる秘密主義は、安全弁の役割を果して来ていた。その巧みな操作により、彼の祖父も父も、己《おの》が威厳を保つのにどれだけ手間を省いて来たか知れなかった。内心が見透かされる心配のないところでは、表情は極端に倹約できるのである。彼の一族は肉親の死に会っても滅多《めった》に泣かず、テーブル・スピーチをしている人が夢中になってフィンガー・ボールをひっくり返しても別段の努力を要せずに笑いをこらえることができた。彼らはいかにも、何回かのお毒見と長い廊下とを通って来た生《なま》ぬるい食事ばかりたべていた人々の子孫らしかった。然《しか》るにこの安全弁がある種の細かすぎる心の持主にあってはともすれば一番危険な装置に変ってしまうことを明秀は知らなかった。——いつも巧みに護《まも》られて些細《ささい》の傷も受けたことのない自尊心や矜持《きょうじ》はいつのまにか使い物にならなくなっていたのである。永らく蔵《しま》いこんでおき弾《はず》みの利《き》かなくなった護謨毬《ゴムまり》そのままに、それは弾性をなくしてしまった。他人《ひと》に知られずに済んだ恋の失敗は、たいした恥さらしではないだろう。何ら明秀の権威の瑕瑾《かきん》にはならぬだろう。裏から言うと彼は別段この敗北を機会に発奮する理由をもたなかった。女を見返してやるために学問に打込む原因にもならなかった。奇妙な話だが、彼は何も失っていないからそれを取返す必要もないような気がするのであった。その呆《ぼ》んやりさ加減は、嫉妬という逃げ場所さえ忘れさせるに足りた。美子は自分を捨てたのではなく何かの偶然で自分と遠ざかるのを余儀なくされているにちがいないという、架空のしかし熱烈な確信に支えられていた三月《みつき》の苦しみが容赦なく与えた傷も、今ではあの麻酔のおかげでさして痛まぬ。彼は確信という重いトランクを抱《かか》えて逃げまわったばかりに火傷《やけど》を負うた火事の思い出を、若い時代をふりかえってみる老人の口辺にみられるような苦笑いと共に思い返した。

とうとう彼は匙《さじ》を投げた。今まで自分を誤診していたのではなかろうか。もしかすると自分は人並以上に健康なのかもしれないのだ。隙《すき》を見つけては忍びよる甘美な快さ、その居心地のよさ、その揺《ゆす》るような感じ、凡《すべ》てが健康と正常さとの兆《きざし》としか思われなかった。重病人が悪い兆候の一つ一つを快方へむかうしるしと信じて疑わぬように、彼は無気力に具《そな》わる一種の狡《ずる》さですらすらとそれを信じた。

臨時列車は四時近く京都に着いた。出迎えの叔父明信夫妻は快活な明秀が意外さに、ふとぎごちなく誇張した親密さを示すのであった。息子の軽い神経衰弱について気遣うと共に鄭重《ていちょう》に旅の世話を頼んでいる藤村夫人の速達を今朝受け取った叔父夫妻は、単調という外ない生活が拡大鏡の役目をしてその手紙に対して不釣合なまでによびおこしてくれた感激がさめないままに、わざわざ親《みずか》ら明秀を迎えに出たのである。神楽《かぐら》岡《おか》の邸《やしき》へむかう車のなかで、叔父叔母は口をそろえて藤村夫人の人となりを讃《ほ》めるので、明秀はきまりのわるい思いをした。母から出した手紙のことなど何も知らない明秀には、叔父夫妻が彼の内に彼の母と正反対なものばかりを見出《みいだ》すのでそれで彼を非難する代りに母をほめそやすのだと思われた。この病人じみた僻《ひが》みが叔父には通じなかった。彼は調子をあわせようとしない甥《おい》の上に、母との不和の兆を見るのであった。してみると夫人のあの手紙も、額面通りに受けとるわけにはゆかないと思うのだ。

……

夕食の時に叔母が持ち前の子供っぽい甲高《かんだか》い調子で、

「明ちゃんはすっかり妙子《たえこ》さんに似ていらしたわ。そうやって一寸《ちよつと》下を向いていらっしゃるところなぞそっくりだわ」

今更らしく見つけ出された母との相似を、彼は意味もなしに腹立たしく感じた。

「そうかなあ。僕は母に一寸も似ていないとよく言われるんですが……」

この会話にわざと入らないで床の間の掛軸に目をやっている叔父の様子は明秀を不安にさせた。

――果して食後に明秀と叔父が風呂を上ってから、叔母が浴室へ行ってしまうと、叔父は用ありげに明秀にきいた。

「妙なことを聞くけど、君はどこか気分が勝《すぐ》れないようだが、（これはきっかけを作るための叔父の嘘《うそ》だった。鋭く痩《や》せていても彼の目には明秀は健康にみえた。）兄貴や妙子さんに言えないことでもあるのじゃないか？……これは私の臆測《おくそく》だが、妙子さんと何か衝突でもしたの？」

彼も亦《また》藤村家の人である明信が、強《あなが》ち秘密にせずともよい藤村夫人の手紙を隠し立てして話したので、明秀には母について言い出した叔父の心のうごきがわからなかった。彼は内心の明るさは信じても外見の暗さは拭《ぬぐ》われないと思っているから叔父が自分の悩みに気附いたのは一向不審に思わなかったが、そこへ母との不和を想像されたことが彼を傷つけた。今まで意識しなかった母の影響を、旅に出て母と離れているというこの稀有《けう》な機会に、彼は怖《おそ》ろしく直感した。母は実に執拗《しつよう》に又巧妙に彼の成長を阻《はば》んで来たのではないか？　到《いた》る処《ところ》へ投げている母の翳《かげ》が既にそれから脱《のが》れたいと切望する少年期をすぎてのち、はじめて息子の不幸に与《あずか》るのではなかったか。

——叔父が暗示してくれた「母との不和」というこの幻想が、汽車のなかからの幾分夢心地めいた快さに決定を与えた。美子を知って以来、彼は何らかの不幸を前提としない安心を信用しなくなっていた。母への人工的な敵意が、叔父によって、彼の安心を確定してくれたのであった。母を思い出すことに由来する得体のしれないこの痛みを、彼は無理にも母のせいだと考えたがっているのだ。明秀は叔父を見戍《みまも》った。感謝の気持よりもむしろ、母との架空の不和を仲裁しようとかかる叔父のおせっかいを警戒して。

「いいえ別に」

明秀のいかにも誤魔化しとわかる返事が、叔父にはてきぱきした肯定の返事にまして了解しやすかった。

「そうそれならいいが」彼は笑いもせずに軽業師のように話頭を転じた。

「……法事は明日で済んでしまうと。――明ちゃん明後日《あさって》は華頂《かちよう》文庫へ行ってみないかね、勉強に」

一寸ぽかんとしていた明秀は不作法な慌《あわただ》しさでそれを打消した。

「明後日から神戸の友達のところへゆく約束をしてあるんです。神戸で二泊してかえる心算《つもり》ですが」

「おや京都は明日《あした》きりりか」――咄嗟《とつさ》に作られた予定とは知らずに叔父が訝《いぶか》しげにそう独言した。

その夜明秀は久々の鮮《あざ》やかさを以て美子の夢を見た。それは夏の日だった。森に聳《そび》え立つ山荘の露台で彼は美子を探していた。すると屋根の方から彼を呼ぶ声がきこえた。見上げたスレートの燃えるような勾配《こうばい》に美子が仰向けにねころんでいた。そして歌をうたうような調子で彼の名を呼んでいた。彼は難なく屋根へ登りはしたが、スレートは灼熱《しやくねつ》し炉の上を歩むかのようだった。美子がそうしているのが不思議に思われた。

彼は脅《おび》える目にあたりを見廻した。はてしれぬ森は塗り立てのニスのような匂《にお》いを放ち、その緑はそよとも動かずに鐘の余韻のような蟬《せみ》の声を籠《こも》らせていた。空なる太陽は白熱し、それは時々急に大きくなり、また萎《しぼ》むように思われた。——美子を見れば素足だった。彼女は立上った。手頸《てくび》まで衣服に覆《おお》われているかともみえ、何一つ纏《まと》っていないともみえたが、肉体そのものが雲のように混沌《こんとん》としており、それが乾いて出来上るのをそこで待っていたかのようであった。ただ顔だけが肉体から抽《ぬ》き出され夏花のように強烈に耀《かがや》き、微細画《ミニアテュール》を思わせる人工的な克明さを持っていた。「藤村さん、あそこがよくはない？」彼女が指さす処、屋根の頂きに据えられて無機質の輝きを反射している一台の奇怪に窄《せま》い金属性の寝台《ねだい》を明秀は見た。何を意味するものかわからずにみつめていると、灼《や》けた蹠《あしうら》がきりきりと痛み出した。……

彼は目をさました。疲れが縛《いまし》めていて身動《みじろ》ぎする由《よし》もなかった。障子の向う側がすぐ海であるかのような暁闇《ぎょうあん》だった。彼方《かなた》を百万遍の方角へ市内電車の響が移って行った。夢の感動が彼を二度と眠らせはしなかった。

紫野《むらさきの》の某寺では誰よりも早く来ることを義務と心得ている荻原《おぎわら》の大伯父が待ってい

た。その傍《かたわ》らに明秀は見知らぬ小柄なモーニング姿の紳士を見た。明信にも刹那《せつな》その人がわからないふうであった。「おや山内さん！」明信はそう口に出して言うことで自分に無理矢理信じこませるかのようだった。

「こちらは山内男爵《だんしゃく》」

と明秀は叔父に紹介された。男爵は木目込《きめこみ》人形のそれを思わせる幾分重たげな懐《なつか》しげな眼差で明秀を見、

「御父様や御母様は？」ときいた。

「父の風邪が治《なお》りきりませんので」

「そうですか、お風邪を召して……それはいけませんな。お目にかかれるとばかり思って来ましたが残念でした。しかしその代りに貴下《あなた》にお目にかかれたから……」――初対面とも思われぬ気軽な挨拶《あいさつ》から、その闊達《かったつ》すぎる寂しさを明秀は感じとった。藤村一族には見られぬ種類の寂しさである。それにしてもこの人は父の親友ででもあるのか。そうとすれば一度も父母の噂《うわさ》に上ったことがなく、訪ねて来られたこともないのは何故なのか。男爵は今度は叔父に向って長い弁解をはじめるのであった。

「わたくし一昨日から用事で京都へ来ておりまして、実は昨日荻原さんにお目にかかって、御法事のことをうかがったわけなのです。お招きをうけずにこうしてあがるの

は何かと存じましたが、つい『高樹町のおじいさま』がお懐しさにうかがいました。……失礼ですが此度《このたび》は十五回忌でございましたかしら」

「左様でございます。亡《な》くなりましたのが大正十年でございますから」

「ああ、そうでございましたね」

——今年の京の花はよほど遅いのではないかと来る途中で言った叔父の言葉を思い出しつつ、明秀は寂《せき》とした寺院の庭を見廻した。苔《こけ》が冷たく水底にあるかのように光った。男爵の弁解はまだつづいていた。

「家内と娘を連れて上ろうかと思いましたが、御婦人方がみえないと何だと思ってホテルへ置いて来ました」——話題が家族のことになると明信ははじめて自分から話をすすめた。

「お嬢さんの上の方《かた》でしたろうか、いつぞや学習院を首席で出られたとうかがいましたが……」

「ええ」男爵は人形の睫《まつげ》のような端正な睫をしばだたいた。「長男でございましたが先年亡くなりました。男の児は清子の下にもう一人おります。学校があるので連れてまいりませんでしたが、今ごろは親父《おやじ》のいない家の中でのんびりしていることでございましょう」

その時東京の老人を先に立て、父の従兄《いとこ》にあたる人の一家が賑《にぎ》やかな京都弁で譲り合いながら部屋へ入って来たので、男爵は下座《しもざ》の明秀のそばへ自分の座蒲団《ざぶとん》を引寄せた。

明秀は中年の華族によくある人を寄せつけない尊大さが欠けているくせにどんなに謙遜《けんそん》に卑屈なほどに振舞っても一脈の品位を湛《たた》えている男爵をめずらしい人だと思った。その甲斐々々《かいがい》しさにはどこか懺悔《ざんげ》僧のような熱心さがあった。男爵は和紙のような白い指にウエストミンスターをはさんだまま、同じ丁寧な口調で明秀に話しかけた。それは貴族院の控室では普通にきかれる甲高い女のような声であった。

「大学は何年に御卒業でした？」

「昨年です」

「そうですか。失礼ですが科は？」

「国文でございます」

「それは結構ですね。わたくしも学習院時代は一生懸命に源氏を読みましてね。世間ではつまらない巻《まき》だという桐壺《きりつぼ》が、どういうものかたいそう好きでした。ああいう花やかな物語が挽歌《ばんか》で以《もっ》てはじまっているのは、仏教の影響ばかりでなくて、作者の何か深い用意があるように思われますね」

「ええ……」彼は少し持て余した。

彼が国文科へ入ったのは東京にいたいためにすぎなかった。国語の点のよかった彼を高等科の教授がおだてて引張ったのであった。すると大学のその科には「日並の皇子《ひなめしみこ》」という言葉は万葉集巻の一第四十九番の人麿《ひとまろ》の歌に用例があり通説は皇太子の意としているが摂政《せっしょう》の事とする説もある等《など》という学識を血眼《ちまなこ》で蒐集《しゅうしゅう》して諳記《あんき》している秀才たちが席次を争っているのだった。彼は興褪《きょうざ》め、一番退屈な有職故実《ゆうそく》の研究をわざと専門に選んだ。

「わたくしも国文へ行きたいと思いながら、父の言うなりに法科へ入ってしまいました。しかし源氏はいい。世間が騒ぐような意味ではなしにですね」こうした念を押すような物言いが、ふと明秀をしてこの人は若い時分よく遊んだ人ではなかったかと感じさせた。逸楽の過去が人の面《おも》ざしに描《か》きのこす素速い老いとその底に閃《ひらめ》く奇体な若さとの混合が男爵を特徴づけていはしないか？

明秀が黙っているのを見て、山内氏は深く煙草《たばこ》を吸い嘆息しながら話題をかえるのであった。

「……そう、お父様はお風邪と。……そしてお母様はずっと御元気ですか？」

明秀はあわてて義務のように昨夜の母との不和という幻想のなかへとじこもった。

彼の狼狽《ろうばい》が却《かえ》ってこの幻想の正体をみせた。男爵の言葉は彼の心に裏切を敢《あえ》てさせ、旅先にいて感ずる母への気遣いを無邪気に肯定させた。

「ええ、元気でおります」こう答えた時彼は男爵に説明しがたい好意を覚えたにもかかわらず、

「どうですか、明日でもホテルへ遊びにおいでになりませんか。家内も寂しがっていますからお越し下されればどんなに喜ぶかしれません」という男爵の誘いに対して、

「明日から、僕、神戸へまいりますので」明秀は頑《かたく》なに断るのだった。叔父からの言い脱《のが》れに咄嗟《とっさ》にこしらえたこのスケジュールが、今では彼の内なるものが命ずる掟《おきて》、一番試みやすい夢想の実験を意味するようになっていた。

その時誘い合わせて来た京大の教授や京都在住の日本画家が案内されて来たので、明秀は叔父の目じらせに応《こた》えて挨拶に出た。

——やがて若い僧侶《そうりょ》が法要のはじまるのを伝えた。本堂の方角から時めく気配が流れてきた。明秀は、薄闇《うすやみ》にきらめきわたる仏具の数々、しずかに膝《ひざ》を包む春寒を想像した。

法要——展墓——瓢亭《ひょうてい》の宴席——空はのこりなく晴れて底冷えを澱《よど》ませた古風な町

並、——その夜床にはいってから今日一日の印象をたずねた時思いがけず明秀は索莫《さくばく》としたものにぶつかるのだった。結局何一つまとまった印象を彼は得ていなかった。いつのまにこんな呑気《のんき》な人間になったのか。何事にも感動しないということが、彼には約束されている幸福の前提に他ならないように思われた。

——山内男爵は宵の八時にホテルへ還《かえ》って来た。部屋のスタンドの明りの下で夫人は歌集をよんでいた。歩み寄る夫を迎えてその重たげな耳隠しの髪がよみさしの一首を惜しむようにしてもたげられた時、男爵はふと理由のない期待の淡さを胸に感じた。しかし起した顔は八の字なりの眉《まゆ》のせいで始終泣いているようにみえるいつもの夫人のそれであった。戸惑いした如《ごと》く男爵はきいた。

「清子は？　もう寝たの？」

「はあ、たった今。何ですか気分が悪いとか言って」我にもあらず男爵は声高《こわだか》になった。

「また我儘《わがまま》だよ、清子の。熱のない病気なんてあるかしら。時にはわたしへの面当《つらあ》てではないかと思われる位いだ」

「何を仰言《おつしや》るやら」——夫人は無感動な微笑で夫をちらと見たきり、再び目を歌集に移した。しばらくして、

「先程『心の里』の若い方々がみえましたわ」

「あなたに添削をたのんで来たの？」

「いいえ東京の歌会の模様をききたかったのでございましょう」

夫人は立上って菓子折をもってきた。

「これもっていらしたの」

「何、八つ橋じゃないか、珍らしくもないね」男爵はそう言いながらその香木のような硬い菓子を口に入れた。さっきの昂奮《こうふん》も忘れた如く窓の方をながめやっている男爵の眼差がたいへん遠くにあるように思われて、夫人は訊《たず》ねまいと思っていたことをも訊ねた。

「どうでして、藤村さんはお変りなくって？」

「それがね、子爵も奥さんも京都へ来られなかった。子爵が風邪を引かれたとかで、息子さんが名代《みょうだい》で来ていたよ。……はじめて高樹町のお爺《じい》さんのお墓を見たが、あの人が生前に自分で設計しておいたのじゃないかと思う位いあの人好みなものだ。大《だい》徳寺《とくじ》の利休のお墓によく似た石塔だがね。苔《こけ》の上に椿《つばき》の落ちていたのが綺麗《きれい》だった……」

――それから男爵は煙草に火をつけながら立上った。窓の帷《とばり》をかざすと流石《さすが》東京より疎《まば》らな灯に古都のつつましい賑《にぎわ》いが見下ろされ、街路をゆく自動車の前燈は光りを撒《ま》いては消してゆくように果敢《はか》なかった。

「——これではお花見をしようと思えばあと十日以上も滞在しなければならない。矢張街《まち》のホテルはいやだね。いつもの通りMホテルにすればよかったのだ」

明秀が神戸へゆく朝が来ると名残惜しげに叔父は庭先に建てられた自慢の茶室へ案内して朝茶をたててすすめた。桝床《ますとこ》を模した半帖《はんじょう》の踏込床《ふみこみとこ》に掛けてある小軸は、「かげろふに子供あそばす狐《きつね》かな」凡兆《ぼんちょう》の句だった。明秀はそれとなく子をもたぬ叔父叔母の明暮《あけくれ》を推し量った。

「君のお父さんにはお茶の趣味がまるでないね。……尤《もっと》も兄貴のも、こう言っては悪いが、政治の趣味さ。藤村家は昔から趣味性が濃すぎるのだ。有名な政治家と言えば平安末期に明親卿《あきちかきょう》なる人物が出ている位いのものだ。あとはみんなディレッタントだ。私が現にそうだけれどね。……今思い出したが、この新年の議会の時兄貴の悪口を書いていた新聞があった。『藤村子爵は議会を歌合せと心得ているらしい。夫子《ふうし》自身の歌は朦朧《もうろう》体とやらいう歌風だそうな』——そんなことが書いてあったよ」笑いながらつづける叔父の言葉は、明秀が忖度《そんたく》に苦しむものだった。

「時々私は思うのだ。衰えて傷《いた》みやすくなっている血統は、趣味と言うものに生甲斐《いきがい》をみつけていないと命が保てないのかもしれない。藤村家の人間なども、趣味をとびこえると身を滅すのかもしれないね」

それを聞くより何ゆえか明秀には、母との不和を疑う叔父が、きょうの神戸行について深く質《ただ》しもしないことが俄《にわ》かに重たく感じられて来た。叔父はまた叔父で、子をもたぬ人の常として、他家の子を扱うのに不必要なまでに気を遣《つか》う性《たち》だったので、殊《こと》に藤村夫人の手紙が与えた感動も褪《さ》めると、その感動に由来する疑惑と心の束縛から逃げ出すことばかり考えた。折しも法要の時の明秀の落着いた明るい応対を見て、明秀の神経衰弱なんて藤村夫人の迷信だときめてしまうや、この青年が彼には急に格別の親しみを以《もっ》て映るのだった。明信も亦《また》、自分に負担を与える危険のない人に誰よりも親近感を覚える類《たぐ》いの人だったのだ。はじめて感ずる叔父のやさしさが明秀をして問わず語りに、

「僕、研究のことで連絡をとりたいので神戸の友達のところへ行くんですが、そこが窮屈だったらどこかへ別に宿をとります」

「ああそう」叔父はこの不可解な言訳もあやしまず、否《いな》ろくに話もきかず、

「とにかく残念だった。君がもう三、四日暇があれば一緒に今日庵《こんにちあん》の利休忌へ行くと

ころだったのに……近いのだから又京都へ寄らないか」

――明秀が発《た》ったあと、叔父は東京へ手紙を書いた。

「明秀君も嘗《かつ》ては非常に神経質な少年で心配したものでしたが、大学を出てから殊に立派になられて鷹揚《おうよう》なよい青年になられましたね。御嫂上《あねうえ》の御教育の賜物と推察します。云々《うんぬん》」

これを読む時、藤村夫人は狐につままれたような顔をするのではなかろうか。

小学生が修学旅行で踏む最初の土地のように、明秀は神戸の駅へ下りた。それは生れてはじめて一人でする小旅行であり、宿も定めず予定もなしに下り立つ最初の駅であった。かほどに危険とすらみえる自らの無碍《むげ》を感じたことは嘗てなかった。かなたの海の反映によって空はその蒼《あお》さに深みと憧《あこが》れを加えているように思われた。

彼は駅の旅行案内所で宿をたずねた。もとより神戸の友達の家は嘘《うそ》だった。案内所の事務員が仁体《にんてい》を見てすすめる宿には見向きもせずに、示された表の遥《はる》か下方の、「三ノ宮駅前照葉屋旅館」という名に目をとめた。――春泥《しゅんでい》によごれた古いシボレーに乗ってから、彼はいかなる偶然がその名を選んだのかと考えてみた。むしろそれは三ノ宮という地名の力ではなかったか。そこは神戸駅附近よりも港市の匂《にお》いが高かった。しらずしらずの裡《うち》に、港が彼を引寄せているように思われた。

照葉屋は鄙《ひな》びた気持のよい宿だった。秘密主義の鎧《よろい》が、彼でない者の蔭《かげ》にかくれて脱ぎ易《やす》かった。彼の祖先たちもたまさかの「お忍び」の喜びを、日頃の煩《わずら》わしさと窮屈さに感謝したのではなかろうか。

三階の一ト間に落着くと、彼は窓をあけて汽車のゆきかうさまを眺めた。それから彼はたえずなすべき仕事をみつけては忙しげに片附けるのだった。他見《よそみ》をすることへの罰則が怖《こわ》さに勉強に熱中する少年が、自分を善良な生徒だと信じ込むあの健気《けなげ》さで。

彼は三日間の旅行日記をつけた。彼はきのう法事でうけとった名刺を整理した。高名な日本画家や京大の教授などのそれにまじって、「貴族院議員、男爵、山内宗愛《むねちか》」という一枚の名刺は、叔父が浮べた信じがたいような表情を思い出させ、また帰宅の後も、叔父の方から言い出さないのでその人についてつい聞きそびれた淡い後悔を思い出させた。木目込人形のようなあの気軽でいてやや沈鬱《ちんうつ》な顔立ちをも。彼はまたよみかけの文庫、「胡麻《ごま》と百合《ゆり》」や有島武郎《たけお》の「或る女」や「中世歌論集」を机にならべた。

——ラスキンの本をよんでいた夜八時すぎ、彼は窓の外に異様な物音を聞いた。急に動きを止めた工場機械がひろげるあの無機質の凄《すさ》まじい静けさがあとに残された。

大勢の人が口々に叫んでいるようなざわめきが寄せて来た。

彼は窓をあけた。下に横町の道路が見下ろされた。大道芸人の舞台のように数メートル半径の円い路面が街燈をギラギラ反射していた。その中央にたいへん暗い頑《がん》として動かない塊《かたまり》が潰《つい》えていた。それを救いにでも来たかのように、自動車が美しくかがやいて平静に止っていた。群衆は犇《ひし》めき合い、死人を見ようとしてその人の輪を蛇《へび》の動きでくねらせ窄《せば》めた。明秀にはまだ何が行われているのか理解が届かなかった。彼らは競って何か喚《わめ》き立てていたが、依然明秀には眼下の場面が非現実の不思議な見世物のようにみえるのであった。彼は乱れない気持で町の空を眺めた。ネオン・サインのために紅《あか》く凶兆めいて汚されているのは下方だけで、星は淡々と閑《しず》かな高空《たかぞら》に懸《かか》っていた。

再び目を移した時明秀には、人垣の中央で一人の警官が死人の顔を懐中電燈で照らしているのがはっきりと見えた。その朧《おぼ》ろげな浮動する光りは、なぶるように死人の上に踊っていた。群衆は少しでもよく見ようとして首をのばし、死体に目の届く人々の沈黙が、重苦しく急速に、遠くの人々にまで波及しつつあった。

この時、（到底三階の窓からは見える由もなかったのに、）明秀はありありと、そのほつれ毛を貝殻のような瞼《まぶた》を血だらけの口もとを、間近《まぢか》にあるもののように詳《つぶ》さに見たのだ。――

誰がこのような一夜を熟睡することができよう。宵の椿事《ちんじ》から彼は偶然だけを拾おうと努めていた。いやなことは皆偶然のせいにするこうした姑息《こそく》な手段が、事件そのものを却《かえ》って浮彫りにしてみせる。轢死者《れきし》の幻は、幾十の数えきれぬ同じ顔を闇のなかに浮べるのだった。返すそばから枕《まくら》は熱砂のように熱くなった。彼は死が彼の床にすべり入り、彼と添臥《そいふ》しているのだと信じた。死が今宵ほど活々《いきいき》と溌剌《はつらつ》として感じられたことはなかった。

あさましいほど烈《はげ》しい死の体温を彼は自分の肌のきわめて近くに感じるのであった。

――あまりに待ちわびたものだったので、夜のあとにそれが来るという法則さえ殆《ほとん》ど信じられなかった朝を、明秀は迎えた。朝の最初の光りを見るや、明秀を又してもあの病的な快活さがそそのかしはじめた。

「ゆうべの不眠も僕には例外の状態なのだ。僕は本来の居心地のよい呑気《のんき》さを少しも早く取戻す必要がある。散歩にでも出てみれば、こんな寝呆《ねぼ》けた陰気くささはすぐ治るだろう」

彼は顔を洗うとすぐ玄関へ出た。眠そうにのろのろと雑巾《ぞうきん》掛をしていた女中が怪訝《けげん》な面持で靴を出してくれた。

稀薄《きはく》な旭《あさひ》の影が町を神秘なものにみせていた。朝の風が明秀の額に触れた。「これは夜の風の名残だ」と明秀は考えた。「人間を異常にさせる夜の濃すぎる密度をもった空気が、今では透きとおった姿で逃げてゆくのだ。そのせいか朝の風は何だか果敢《はか》ない気持を起させるではないか」

危うく昨夜轢死者のいた道へ足を向けかけて引返し、港へ通ずる遠まわりの小路《こみち》を選んだ。それはやがて奇妙に歪《ゆが》んだ四つ角へ出た。その四つ角からひたすらに海へ向って下りてゆこうとする道が背の高い北京《ペキン》料理の建物で遮《さえぎ》られた横手に、彼は絵硝子《ガラス》のような短冊《たんざく》形の海を見たのである。一寸見たところではそれは海とは信じられなかった。エナメルのつやつやした看板のようだった。それを見上げて立っていると、恰《あた》かも雲間を洩《も》れて来た旭が正面の北京料理の海賊船のような丹青《たんせい》の軒飾りを愉快に賑々《にぎにぎ》しく照らし出した。

街は彼の周囲で俄《にわ》かに目覚めはじめた。北京料理のそばの屈折した石畳を下りようとした時、不思議な方角から景気のよい鶏の声がきこえて来た。正《まさ》しくそれは地下からのものだった。地下で鶏が時をつくっているのか。空《うつ》ろな反響を伴って、籠《こも》ったけたたましい鶏鳴がつづいた。一つの声が一つの声を呼ぶように思われ、地底のそこかしこへ伝わってゆくように聞かれた。明秀は了解した。北京料理の地下室は厨房《ちゆうぼう》になっているのだ。今日絞《し》め殺される鶏はその一隅につながれて途方もない時刻にときを作っているに相違ない。

しかし彼にはさしたる関心が起らなかった。彼が探し索《もと》めているのは海だった。それはどこへ身を隠してしまったのか？　かなり坂を下り道を曲っても、幾重にも建て重ねた街のうしろに海を見出《みいだ》すことは困難であった。先刻《さつき》見たあの海は、偶然にのぞかれた街の秘符のようなものであるらしかった。

やがて彼は静まり返った商館街へ出た。それは何故ともなく墓地の印象をよびおこした。あらゆる家が窓々に鎧扉《よろいど》を下ろし、暗い奥まった扉をとざして眠っていた。白瀝青はけばだち煉瓦《れんが》は苔むして、それらの家が何かの加減で目をさますと、おそろしい越年の記憶に耐えられずに忽《たちま》ち崩《くず》れ落ちはしないかと思われた。扉のわきに掲げられた真鍮《しんちゆう》の横文字の表札には、うっすらと白い真鍮磨《みが》きの跡が残っていた。

商館街をすぎて、芽吹いた並木の連なる鋪道《ほどう》へ出た。――思いがけぬ近くに海があった。臨港線の貨車と貨車との間に。

埠頭《ふとう》の纜《ともづな》をつなぐ太い鉄杭《てつくい》に凭《よ》りかかりながら、自分がどうしてここまで来て今どうしてこうしているのか彼には不思議に感じられた。沖には白鳥のような外国汽船が碇泊《ていはく》していた。目近《まぢか》く灰色の貨物船があった。かなたこなたで汽笛が葬列の喇叭《らっぱ》のように鳴り響いていた。灰色の海面、重い水、朝曇りの険しい空、すべてが港の目覚めを脅やかしているかのようだった。時々ランチが、この風景にふさわしくない快活な鼓動を伝えて来た。桟橋には多くの小艇が繋《つな》がれており、それらの間で鈍い油ぎった水がのびあがったり縮んだりしていた。音はといえば。――彼はさっきから何を聞いていたのか。それは海の音だったか。それとも街の音だったのか。なるほど臨港線の車輪の響はあたりの低い空気に滲《し》みわたっていた。しかしそれらの向うに、あるいは目の前の海一面に、（その方角はあまりに茫漠《ぼうばく》としてわからなかったが、）ある均質な、銀板を叩《たた》くような、震えやすい、暗い、金属的などよめきが、風景の隅々《すみずみ》にまで瀰漫《びまん》しているように思われた。その中から時々比較的大きな音が立上るのだった。そして忽ち又その一様のどよめきのなかに包まれるのだった。

濃厚な朝の風に打たれながら、明秀はこのような風景が何らかの意味を展《ひろ》げているのではないかと考えてみた。鷗《かもめ》が振子のように単調に飛びかわしている海面。沖の累々《るいるい》たる雲の裏側から、光が迸《ほとばし》ろうとして不安な色調をにじみ出させている。これが一体求めていた海であったろうか。――我々が深部に於《お》いて用意されている大きな変革に気附くまでには時間がかかる。夢心地の裡《うち》に汽車を乗りかえる。窓の外に移る見しらぬ風景を見ることによってはじめて我々は汽車を乗りかえたことに気附くのである。……そうした意味の風景を今彼は見ているのではなかろうか。それは直接にのぞくよりも、もっと的確に内部をのぞかせる。否彼が見ているのは彼の内部に他ならぬかもしれないのだ。

彼はおそるおそる自分に問うて見た。お前は何かだいそれたことを企《たく》らんでいるのではないか、と。

その時久しく忘れていた切ない情緒が彼の胸を締めつけた。最後に美子と会ったあの日、彼女が絶えず三宅へ向けていた熱意ある眼差を苦しげに見戍《みまも》っていた時に襲って来た情緒だった。そしてあの日まで、さほど烈しくはなかったが絶えず彼が親しんでいた情緒だった。

それにしても陰謀はいかに巧みに周到にめぐらされたか呆《あき》れるの他はない。彼は成功したのだ。今の今まで剣術師のすばしこさでそれを避け、いかさま師の熟練でそれを欺《あざむ》き、お尋ね者の敏感さでそれから逃げ廻り、ありとあらゆる手段を用いてその情緒を彼自身の目から隠し了《おお》せていたのだ。

又思い返してみて彼は自分をそれで瞞《だま》していた数々の見かけだおしの感情の底に、必ず甘美なものが流れているのを知った。今や彼は急速に結論に達しつつあった。彼の目はもはや風景を見なかった。自分の中の動かない親しい影に彼は見入った。

最後の逢瀬《おうせ》に敗れて、明秀は沙漠《さばく》をゆく人が烈しい渇《かわ》きに水を求める如くひたむきに死を希《ねが》いはしなかったか。美子への恋慕があの瞬間に見事に死へのそれに切り替えられたということを、彼は気附いた筈《はず》だった。気附かない振りをして今に至るまで欺きとおして来た気持も、その決心をなるたけひそかに風に当てずに養い育てようという又別の用意ではなかったろうか。今にしてその決心の根強さと親しさと畢竟《ひっきょう》それから脱れがたいと思う諦《あきら》めとをこうまでしみじみと感じさせるのは、永きに亙《わた》った誤魔化しのおかげであろうかもしれない。——しかも今では花がもはや地中の種子の時代を忘れ去っているように、原因結果の縛《いまし》めをはなれて、死は独立し見事に完成したまばゆい形態としてそこに在ったのだ。それは距離という繋《つな》がりからも自由になったので、明秀の目に見えぬほど目近に在って彼に対して屹立《きつりつ》している。それは彼の内部を支配している不可見の外部の力、いつも彼自身の存在を乗り越えている彼自身の矛盾せる暴力のように思われた。ここで明秀のあの悲劇の本能が重要な役割を務めていたことは疑う余地がない。微妙な含羞《はじらい》の作用によって死をその本能から無縁なものの如《ごと》く組立てて、非情な抽象化を重ねる一方（こうした抽象化はしばしば人間には耐えがたいものだ）、きわめて原因らしい原因からも同じ死を導き出して、その本能の支配する領域へ少しずつ残酷な重量を加えてゆきながら、あの悲劇の本能は不可解な満足の微笑を泛《うか》べていたのではなかろうか。明秀には運命の軽やかな沓音《くつおと》がきこえた。万象がのどかにその手をさしのべ、やさしく彼に死を奨《すす》めていた。ふと彼には、自分が運命の寵児《ちょうじ》であるかのような誇らしさが昇って来た。……

こうして瞑想《めいそう》の半時間が過された時、明秀はあたりがかがやきだしたのに気附いた。港は既に高い日のおだやかな光彩のなかに在った。目をあげて沖の汽船を見ると、白い船腹が燦爛《さんらん》とした。そして不意に身近に起ったエンジンの響は連なる小艇の一つが沖へ向って走り出したのを知らせた。

宿へかえると彼は東京の家へ長距離電話をかけるように命じた。

宿の女中の声で驚いたらしい藤村夫人の、忙しげな声が響いて来た。

「あなたどこにいるの？　神戸ですって？」

それに答える明秀の元気な軍人のような調子は、電話が遠いので声を張り上げているせいのみではなかった。

「ええ、御法事も無事に済ませました。お父様の御病気はどうですか」

「もうすっかりよろしいの、今日ははじめてお出掛けなの」少しどぎまぎして夫人が答えた。

「僕は一寸神戸の友達に会いに来ているんです。今晩夜行でかえります。明日の朝お風呂をおねがいしますよ」

夫人はこの電話のあとで、急に街中《まちなか》で十年振の人に会って別れたあとのような、あの鋭い疲れとちぐはぐな気持とを味わった。こうした気持を母親に与えうるようになったのは、とりもなおさず息子の成長の証拠である。たとえば、「明日の朝お風呂をおねがいしますよ」などという物言いが、きのうまでの明秀に出来ただろうか。そうだ、これこそ彼の成長のしるしにちがいない。……今更らしく彼女はこんなことを思いめぐらした。

明る朝夫人が婢《はしため》を指図《さしず》しながら明秀の書斎を片附けていると、年寄の執事を追越して明秀がはや部屋の扉口に立っていた。見るより夫人はその初等科時代学校からかえるとランドセルを背負ったまま母の居間へとびこんで来た明秀を思い出した。朝の明るい廊下を背にした彼の姿には回想を湧《わ》き立たせる新鮮さがあった。息子ははじめての一人旅を縷々《るる》と母に語るのだった。話が一向神戸へ触れて来ないので成程と夫人は思った。『神戸に友達があるなんて私はきいたことがない』――どうやら神戸という地名そのものが彼女のしらない隠語であり、つつましからぬ何かであるように思われて来た。『しかしそれがこの人の朗らかさの原因なら』と夫人は考えた。『今度だけ大目に見てやってもよい』こう考え、わざと質問を差控えながら、夫人はいつしかそれを大目に見てやることに喜びを感じだした。嘗《かつ》てないことだった。彼女は息子の成長を無条件にみとめ、それに与《あずか》るつつましやかな喜びを味わいはじめていたのだ。（しかしながらこの種の感情にひそむ陥穽《かんせい》に夫人は気附かなかった。愛が伴う時はじめて愛の喜びをも伴うこの種の感情は、決して愛それ自身ではないのである。愛の言訳に用いられる危険が最も多く含まれている感情だ。彼女は後々に、これを誤用する惧《おそ》れをなしとしない。）

明秀はといえば三、四日の短い旅の間に母がめっきり年老いたような気がした。母についてのくさぐさの錯覚、わけても母との不和という莫迦《ばか》げた空想、悉《ことごと》くが今は母の前に容易《たやす》く融《と》けた。S高原のころに比べるといつのまに母はかくも老《ふ》けかくも優しくなったのかと訝《いぶか》られた。これまた錯覚ではなかったろうか。S高原での彼の若さの濫費《らんぴ》がそれまで若さを倹約した母を教えて苛立《いらだ》たしげにそれを費《つか》わせたのではあるまいか。それが彼女をいくらか若々しくみせたのと同時に、彼女をして頑固《がんこ》な表情の中にとじこもらせたのにちがいない。ところが今母の前にいるのは若さを破産してしまった陽気な年寄のような一人の青年なのだ。彼女も亦《また》安んじて自分の若さをますます倹約できようではないか。してみると夫人が明秀に「成長」のしるしをみとめたのも錯覚にすぎなかったかもしれない。

明秀はこうした母への気遣いから説明しにくい神戸行の心境をわざと伏せて話した。そこに自分の殆ど運命的な含羞《はじらい》の情がひそむともしらずに。

——朝食の時、思い出した明秀がスープの手を止め、何気なく言った。

「御法事に山内男爵《だんしゃく》という方がみえていましたよ」

すると忽《たち》ち《ま》夫人はあの明信叔父が男爵を見出《みい》だした時と同じ目色になって、責めるように、

「あら、あなたさっきそんなことを仰言《おっしゃ》らなかったじゃないの」

「忘れていたんですもの」不審気に明秀が言った。

その場の空気は奇妙なものであった。食卓の上へみえない犬が闖入《ちんにゅう》して来たかのようだった。子爵はそしらぬ顔をしてこの混乱に耐えた。明秀は両親への当然な礼儀から山内氏についての話を打切った。すると父も母も贋物《にせもの》の平静に還《かえ》った。ただ、男爵についてもっとききたいという熱望をうかべて、その目があらわにそれを裏切ってい

た。

――午後、藤村夫人は義理の弟からの手紙をうけとった。〈明秀君も嘗ては非常に神経質な少年で……〉之《これ》に依《よ》れば明秀の陽気さは神戸が原因なのではない。夫人は殊《こと》更《さら》自分の疑いを恥じた。しかしこの疑いの撤回《てっかい》を代償として、彼女は明秀に何かを求める言訳を自分にしていたのかもしれないのだ。なぜなら間もなく彼女は明秀の部屋を訪れたのである。そして何故訊《たず》ねたがるのかを逆に訊《き》かれぬように要心しいしい、山内男爵について明秀を訊問《じんもん》した。

知っての通り、明秀は内省的な人間だった。自分の心の動きを検事のようにしらべてまわるのを彼は得意な仕事としていた。それは屢々《しばしば》裁判官を迷惑させる裁判狂の一種であったかもしれぬ。

ともあれ彼は昔の物語の偽りに気が附いた。ある動機から盗賊になったり死を決心したりする人間が、まるで別人のようになって了《しま》うのは確かに物語のまやかしだ。むしろ決心によって彼は前よりも一段と本来の彼に立還るのではないか。つまり決心はこの場合、それまで公然と通用しなかったので色々な言訳や擬装で歪《ゆが》められて来た感情を公認する作用をしたのだった。それ以来あらゆる感情は大手を振って歩けるようになった。あの自己欺瞞《ぎまん》としかみえなかった快活さも、今なお拭《ぬぐ》われないばかりかますます大きくなるのをみると、それも無意識の裡の死の決心が齎《もた》らした不思議な効果なのではなかろうか。結局決心の前と後との感情は何一つ矛盾しないのだ。

今明秀をいかにも健康そうにみせている不思議な陽気さ快活さこだわりのなさを分析してみるなら、それは子供らしい確信から来ているもののように思われる。お伽噺《とぎばなし》を読んだだけで体験したような気のする子供の気持、——プランを立てただけではやくも成功の盲信に酔う山師の心理、——呪文《じゅもん》を口にしただけでその事柄の成就を疑わない原始人の心理、そのように彼も亦決心だけで安心し切って、もう決心した以上いつでも死ねるという確信のために、日々の生活の煩《わずら》わしさも気にならず、何事にも腹が立たず、至極のんびりと気楽な毎日を送っているところから来るのではないか。初恋の男が恋を知るように、はじめて死を知ったので、彼は浮っ調子になっているのだ。死という命題がそれを深刻めかしてみせるだけに、却々《なかなか》当人には気がつかないのだ。

今の内に昔の友達に会って置こうと、彼は一年振で学習院の旧友の家を訪問した。美子嬢を知ってこのかた彼は友達から来た手紙には返事も出さず電話には留守と言わせ訪ねて来ても居留守を使うことに決めていた。愛をただ一点へ収斂《しゅうれん》させるレンズは、その他の場所へ光りを散らすことを極度に嫌《きら》う。まして彼の秘密主義は、大臣が新聞記者をおそれるように友人たちをおそれたのだった。

旧友の間には彼がサナトリウムへ入っているという噂《うわさ》が一時撒《ま》かれたが、やがて彼について噂する者もなくなった。友人の一人が藤村はある令嬢に参っているらしいという些《いささ》か正鵠《せいこく》を射た風聞を伝えたのだが、それは忽ち黙殺された。なぜなら他人の色事を話題にする価値というものは、その人がいつも彼等の間にいて、彼等を楽屋を知っている観客として娯《たの》しませてくれる点にあるのだから。——ある友人の如《ごと》きは真面《まじ》目《め》に明秀が死んだものだと思い込んでいた。

旧友新倉の家には丁度明秀と同級の友人が二人遊びに来ていた。書生が明秀の名を取次いだので、新倉をはじめ三人は顔を見合わせて殆ど戦慄《せんりつ》するのだった。

その書斎へ明秀が入って行くと、空気は皆が耳をそばだてているせいで薄い硝子《ガラス》のように壊れやすいものになっていた。反撥《はんぱつ》とは明らかにちがうので、鈍い人には歓迎の空気と誤解されやすいようなそれなのである。こんな場合も覚悟して来たのだと彼は思い返して自ら慰めた。

新倉が立上って彼を迎えた。

「やあ。生きてたのか」

学生時代の如く握手を求める新倉のただならぬ顔に、好奇心ではない単なる驚きだと之《これ》努めている弁解の色のみえるのが、明秀は気の毒になった。

「失敬、すっかり御無沙汰《ぶさた》して了《しま》って。実は僕論文をまとめに国へしばらく行っていたんだ。それが一応纏《まとま》ったので急に皆に逢《あ》いたくなったんだ」

――友人達は昔の明秀を思い出した。待ち合わせた時間に遅れたり会におそく来たりする時少年時代の明秀はよくこんな風に問わず語りに言ったものだった。「僕、今、お茶の水の親類の家へ行ってそれから近くの本屋へ入っていたもので遅くなっちゃった」とか、「来る途中で従兄《いとこ》に会っちゃってお茶を喫《の》まないかと誘われたものでこんなに遅くなって了った」とか。友達は大抵こういう口上には馴れっこになっていてそれを聞き流すのが常だった。今も亦友人達は昔にならって聞き流した。すると明秀についニ、三日前もどこかで会ったような気がし出した。三人は明秀をめずらしがりながら、久しく会わぬ旧友たちの噂をはじめた。

「松岡はどうしたろう」

「梅小路はどうしてるかしら」

明秀にとってもその人たちの消息は耳遠いものであったので彼は楽に話の仲間入をすることができた。それが噂に上っている疎遠な友人たちに対して同じ遠さに明秀を置くことになり、次第に三人は彼を自分の枠《わく》のなかの人だと信じこむようになった。話がとぎれ、冷えた飲みさしの紅茶を傍らに、三人は再び青年らしくない安逸な沈黙に還るのであった。その沈黙に明秀は一向邪魔にならなかった。何故《なぜ》なら久しく会わなかったことから来るこの話題の乏しさも殆ど毎日顔を合わせている同士の話題の乏しさと紛れ合って区別がつかなかったから。

しかし明秀ひとりがこの無気力を抜きん出る何か旺《さか》んな意力をもっているように彼等には思われた。どこかやつれていても彼一人には逸楽に疲れた若者のあの近代的な翳《かげ》がみられなかった。『この男はいやに昂然《こうぜん》としている！　昔はあんな内気な大人しい男だったのに……』彼等はひとしく、明秀の内面の力に驚嘆した。このようにして、次に明秀が口を切った時、それが一座の主人役としかきこえぬ口調になっていることを、誰一人怪しむ者はなかった。この場合死が明秀を尊大にしていたというよりも、彼の死の幻想が、友人たちの貧しい生の幻想よりはるかに強い生の力を以て、明秀を輝やかせていたというのが適当だ。

「この頃皆が集まる機会はないの？　学校を出てから一年も経《た》たないのにこうちりぢりばらばらでは仕方がないが……」――明秀は一度会っておきたい友人を戸別訪問することが目立ちすぎるのを考えてこう訊《たず》ねた。

「あるんだよ。あるんだけど絶対秘密なんだ」——新倉は部厚い眼鏡の反射を彼の方へ向けてじらすように笑ってみせた。「この頃は何しろその筋がやかましいからね」

明秀を除く二人の友人は顔を見合わせて微笑したが、それは新倉がこの会合につい て人に語るとき必ず嬉しそうに「その筋がやかましいから」という勿体振《もったいぶ》った註釈をつけるのを面白がってのことだった。新倉は生来の実直な調子で、その文句だけを一段声を低めて言うものだから、聴手の表情の変化も亦面白い観物《みもの》の一つになった。——明秀はすぐさま皆が期待しているような好奇の表情をうかべた。彼はこうして「これからも生きつづける人間」の期待や希望に素直に応じてやることが嬉しかった。こういう素直な喜びこそ死の与える安らかさの前兆のように思われる。しかしこれも亦、「死」に似せかけた彼の「老成」の遊戯ではなかったかどうか。そしてそんな空《むな》しい遊戯を喜ぶ気持が、実は生のしるしであるあの漠たる好奇心の一種ではなかったろうか。

ともあれ新倉が斟酌《しんしゃく》なく語りつづけるところによれば、会合というのは松下侯爵家の倶楽部《クラブ》のことで、先年一粒種の鍾愛《しょうあい》の息子を亡《な》くした松下夫妻が、一周忌もすぎて空しい悲嘆から醒《さ》めると、死んだ子息の上に思いえがいていた夢を今度は生ける若者たちの上によみがえらせようと試みだし、子息の親友であった新倉の助力を借りて、若い人たちだけの倶楽部を開設することに決めたのであった。侯爵夫妻は離れの日本館に移り、母屋《おもや》は二三の客間を残してその倶楽部に宛《あ》てられた。会員は厳選され、入会金は高額であった。それというのもこの国では、金を無駄使いすること以外に、貴族的特質を表現する手段がないからだった。この野蛮な風習に従って、松下家はいやいやながら高い会費をうけとるというわけだった。

こういう妙な事業慾《よく》は先代からの遺伝だという専《もっぱ》らの評判である。先代、あの数年前薨《こう》じた松下老侯爵の雷名は下々《しもじも》にまで響きわたっていた。昭和初年上野池《いけ》の端《はた》にひらかれた奇術展覧会は侯爵晩年の大事業であり、その緋《ひ》天鵞絨《ビロード》張りの舞台に立って侯爵は蘊蓄《うんちく》を傾けて印度《インド》伝来の魔術を御披露に及んだのであった。宗秩寮《そうちつりよう》でこの一件が問題になって以来、侯爵は熱海《あたみ》の別荘に隠棲《いんせい》したが、そこで送られた日々はどんなものだったか？　海を見わたす総硝子の浴室で一日の大部分が過された。色とりどりな羅馬《ローマ》風呂に、毛糸の帽子をかぶった侯爵は孫のような年の二号と何時間も浸《つか》ったり出たりするのであった。毛糸の帽子は、硝子の天井に設けられた多くの巣を見てもわかる通り、その浴室に養われて自由に飛びまわっている南洋の小鳥共が折にふれては落す糞を防ぐためであった。

「倶楽部って一体何をするところなの？」

「何ということはないのさ。御年寄たちが華族会館でやっているようなことを、若いわれわれが真似《まね》するだけのことなのさ。球を撞《つ》いたり、テニスをしたり、洋酒をなめたり、『猥談』というものをしたり、時には踊ったり……」と二人の友人がこたえた。

「それだけなら誰も高い入会金なんか出しはしないがね」と新倉は再《ま》たうれしそうに、「僕と松下さんとで計画しているいろんなプランがあるからなんだよ。たとえば来週の土曜はこの間輸入されてさんざんにカットされてしまったチェッコの活動写真をノン・カットで見せるんだ。松下さんがチェッコの公使に話を通じてくれたのでね。その次の土曜はピアニストのN嬢を呼んで一緒に食事をしたあとでピアノを弾《ひ》かせるんだ。それに松下さんのバアの洋酒は他に類のないものだよ。……ああ、そうだ。君早速会員になれよ。会員が三人推薦した上で松下さんのおめがねに叶《かな》えばいいんだ。僕たち三人で推薦するよ。しかしなるたけ異分子を入れたくないんだ。他の人にはこういう会のあることも黙っていてほしいんだ」

　こんな風に相手の気持など斟酌なく、よかれと思ってしたことなら必ず喜んで迎えられるという確信にかがやいている新倉の顔を見ると、明秀は意地の悪い興味をそそられて困った。そういう意地悪な気持を自《みずか》ら恥じさせるほどの新倉の善意なのだが、明秀自身の死でさえも彼の善意を動かすことができないと感じることは明秀にとって些《いささ》か屈辱的であった筈《はず》だ。しかしこれは彼が自分の死の効果について考え出した最初であった。決心の効果は彼をおどろかせたが、死の効果についての考えは彼を不真面目にした。又しても彼は、進んで入会した倶楽部に何の未練も残さずに死んで行った彼を見て、倶楽部のメムバアが、わけても新倉が、その倶楽部の存在理由に疑いを抱《いだ》きだすだろう有様を想像して愉《たの》しむのだった。人はこのようにして、生の象徴である漠たる好奇心、その好奇心のいちばん純粋な形である遊戯的な好奇心を、徐々に未来の死の領域へとひろげるのである。死を人は生の絵具を以《もっ》てしか描きだすことができない。生の最も純粋な絵具を以てしか。かくてただ遊戯にしか価《あた》いしなくなった生の無垢《むく》な幻影は、死のなかにかかる生と親近した遊戯的なもの、きわめて不真面目な或るものをしか見出《みい》ださなくなる。人は結局、死の中に、幼年時代がもっていた一つの意義を見出だすだろう。幼年時代、そこではあらゆる生が純粋な遊戯の形にまで高められ統一されていたのである。

新倉の手で新らしいメムバアの一人に加わった明秀が、その土曜の会にはじめて出ようという三日前の水曜の午後、旧師の教授を訪ねてかえって来ると、門前に見知らぬパッカードを見た。

——彼はそのまま書斎へ上って書棚を整理した。死後学校に寄附すべき研究書を一ト側に並べ、群書類従に細引《ほそびき》をかけていると、ノックもせずに母が入って来た。何だか外々《よそよそ》しい優しさで物を言う母が彼には見るのがためらわれた。

「あなたが京都でお近づきになった山内さんが来ていらっしゃるの。あなたに会いたがっていらっしゃるから、お客間へ来ないこと？」

「いま行きます」

いつになく彼は突慳貪《つっけんどん》な返事をするのであった。それは別に悪意ではなしに、何ゆえかこの場合母への礼儀だと思われたのである。

やがて彼は客間の扉をあけた。岡田三郎助の風景画をかけ、古風なロココ趣味の置時計を飾ったマンテルピースの前に、山内男爵と藤村子爵がむつまじげに話していた。やや離れた椅子《いす》には藤村夫人が黙って、憑《つ》かれたように良人《おっと》と客の顔を見比べていた。明治風な応接間の薄闇に守られてそれら三人は額縁のなかの人物のようだった。彼らはある無慈悲な画家の手で――その画家の名は「時」というのだが――一枚の絵のなかに塗り込められてしまったかのようだ。だから彼らの様子からは、何ものをも見透かす「時」という画家の鋭い眼に対してなにか依怙地《いこじ》に挑《いど》んでいるようなものが感じられる。明秀はわずかの間ためらった。男爵がこちらへ顔を向けた。その目は過度の親しみを以て明秀に投げられた。

明秀は父の傍らの椅子に掛けた。そのとき彼は父の目のなかに、或る深い侮蔑《ぶべつ》の色が、それはおそらく山内氏に向けられたものであろう極めて慇懃《いんぎん》な侮蔑の色が漂っているのを見のがさなかった。

「あなたは松下さんのクラブとやらに入っておいでですか」

「ええ、つい二三日前に入れられました」

「そうですか、そうですか」と山内氏は何度も念入りにうなずいて、「それは奇縁というものかもしれませんね。家の娘もつい二三日前に、これは親が無理強《じ》いに入会させましたので、何か気晴らしを与えてやらなければ病気になりそうな様子だったのです。事の起りは家内がどこかで久々に松下さんの奥さんに逢いまして、お互いに長男を病気で亡くした不運をかこち合って、それから松下さんがあの家のクラブの愉《たの》しそうなことを話したのですな。まだ会員は二十人に充《み》たないそうで……」

「松下さんはまたどういう心算《つもり》ではじめなさったのやろう」と既に話をきいていた藤村子爵が、一ト月おき位いに突発的に出る京訛《なまり》を出して言うと、

「困ってもいないのに困った困ったと言って何か破天荒な金儲《もう》けを考えるいつもの流儀ではありませんか。クラブの話もくわしくきいてみますと、新倉さんの息子さんは利用されているので、諸事万端あくまで松下式でございますね」

「先代が矢張そういうところがありましたよ。会う人毎《ごと》に『私のような貧乏人は』と言っておられた。先代は寄附を逃げるのが実に巧《うま》かった。何か大仕事をはじめるたびに、逗子《ずし》の別荘を抵当に入れたとか美術品を売り立てたとか言いふらす。尤《もっと》もおしまいには誰も本当にしなくなりましたがね」

「成程。それでは明秀さん。新会員同士で誘い合って行かれてはどうですか。よろしかったら清子をお誘い下さい。土曜には貴下《あなた》のお出でを待って出かけるように申しておきますから」


男爵がかえったあと、さっきの父の目に漂っていたふしぎな表情が気になって、明秀は男爵を見送りに出た父が書斎へかえってゆく階段の途中で、父と同じ歩度でその階段をのぼりながら、つとめて他意のない調子でこう訊ねた。

「山内さんて方はどうして突然訪ねていらしたのでしょう」

父は階段のマホガニイの手摺《てすり》につかまってふと振向いた。自分の耳が信じかねる面持だった。明秀が父の来客について質問を発するなんてありうべからざることだった。階段の踊り場のステンドグラスから落ちてくる光線が父の白髪を艶《つや》やかに染め出しているのを見ると、明秀には父を階段の途中でこんな風に唐突に立止らせたものが何であるかまざまざとわかった。父は明秀のこの呼びかけを、父親に急に愛着を覚えだした息子の、不器用な愛情の表現だと解釈したのである。理由もたずねずに、この突発的な愛情らしきものの前に戸惑いすることしか知らない父親を見ることはいたましい限りだった。

しかし藤村子爵はこの愕《おどろ》きのおかげで盲目にされて、傷つくことが少なくてすんだのであった。というのは、明秀にすら無意識な一つの動機——子爵がそれと気づけばおそらく自負を傷つけられる或る動機——が、父への奇矯《ききょう》な呼びかけを誘い出していたのであり、その動機とは、子爵が今までの明秀をでなく紛れもない自分一人の「息子」を必要とするであろう一刹那《せつな》につながっていたものだから。子爵はまだこの危機を、ましてやそれが無意識のうちに明秀の一行為を促したことを、理会していなかった。理会するには、子爵はまだあまりに傲慢《ごうまん》だった。あの目にうかべた侮蔑の色にしても、自分のわからぬものは何でも軽蔑《けいべつ》する貴族気質《かたぎ》の一つのあらわれにすぎなかったかもしれないのだ。

「何でもないのだ。おまえに京都で会ったのを機縁に、わたしたちと旧交を温めたいといって来たのだよ。わたしにもおまえのお母さんにも古い友達だった人だからね」

——それだけ言うと子爵は黙って足早に階段を上りだした。明秀はおのずとゆっくり昇ってゆき、父の後姿が書斎に入るのを見送ってから、自分の書斎の戸をあけた。そして群書類従へ縦横にかけた細引が、折しも窓からさし入る夕日のために、ある生々しい見なれぬ色調を部屋に与えているのに気づいた。それはいわば旅立ちを思わせるような新鮮な色調であった。

第三章　出　会

出会は抱擁《ほうよう》が履行し得るよりも、もっと多くのものを約束する。いうならば、出会は事物のより高い秩序――それに従って多くの星が運行し、多くの思想が交互に受胎《じゅたい》する、あの秩序に属しているように思われる。

――ホフマンスタアル

一度はあれほど確乎《かっこ》としたもののようにみえた死の決心を、ときたま忘れている瞬間があることに、明秀は気づくことがないではなかった。それはもしかしたら自殺の決心が、あの内接多角形が極《きわ》まって円をえがくにいたるように、自然死へ親近してゆく兆候かもしれなかった。人は死という一個の観念を生き、そしてそれを忘却することによって、手を下すことなく死にうるものかもしれなかった。

たとい自殺の決心がどのように鞏固《きょうこ》なものであろうと、人は生前に、一刹那《せつな》でも死者の眼でこの地上を見ることはできぬ筈《はず》だった。どんなに厳密に死のためにのみ計画された行為であっても、それは生の範疇《はんちゅう》をのがれることができぬ筈だった。してみれば、自殺とは錬金《れんきん》術のように、生という鉛から死という黄金を作り出そうとねがう徒《あだ》なのぞみであろうか。かつて世界に、本当の意味での自殺に成功した人間があるだろうか。われわれの科学はまだ生命をつくりだすことができない。従ってまた死をつくりだすこともできないわけだ。生ばかりを材料にして死を造ろうとは、麻布や穀物やチーズをまぜて三週間醱酵《はっこう》させれば鼠が出来ると考えた中世の学者にも、おさおさ劣らぬ頭のよさだ。

それでは忘却の手にゆだねればよいのであろうか。しかし明秀のような性格が何らかの意志をもたずに生きてゆく（！）とは考えられないことである。意志という突っかい棒のおかげで、彼は父祖伝来の秘密主義の・自己韜晦《とうかい》のもやもやを見事に整理して来たではないか。死の意志は彼の練達な清算人として現われて来たではないか。

少しばかり悪ふざけに類する物言いをゆるしていただきたい。「死の意志」というこの徒爾《あだごと》のおかげを以《もっ》て、彼はいよいよ死ぬところへ行くまで生きていることができるのだ。彼を今即刻死なせないでいるものは、他《ほか》ならぬこの「死の意志」だ。作者も亦《また》それに感謝しなくてはならない。なぜなら物語が終るまで主人公を生かしておいてくれるのは、彼自身の「死の意志」の力に他ならないのだから。

その時扉がひらかれて、一人の盛装した令嬢が部屋へ入って来た。

部屋の中では、あたかも明秀が山内夫人のひろげる退屈な雰囲気《ふんいき》に息苦しくなっていたところだった。知っての通り、山内男爵《だんしゃく》の娘清子も彼と同様に、松下侯爵家の若い人たちばかりの倶楽部《クラブ》の新らしいメムバアに加わることになったので、勝手知らない清子のために、その清子とも初対面の彼が誘い合わして連れて行ってくれるように、彼は男爵から頼まれていたのだった。約束どおり山内家を訪ねてみると、今日は男爵は留守でこれも初対面の夫人が出て来て応待《おうたい》した。晩春の雨もよいの午後だからというのでなく、この退屈さは気候などとは縁のないもっと人間《ひと》くさい退屈さであった。夫人は初対面の挨拶《あいさつ》をすませたのち、清子は今着更《きが》えをしているから少々お待ちねがいたいと言ったのであるが、そんな最初の一ト言を発しただけで早くも相手を退屈させるふしぎな才能をもっているかと思われた。しじゅう泣いているような眉《まゆ》と妃殿下のそれのような耳隠しが、この才能に与《あずか》って力あるのであったろう。

彼女は明秀が大学の国文科でやっていた有職《ゆうそく》故実の研究についての質問から、次第に誘導して、御得意の歌道の話題へ明秀を連れて来ると、

「屹度《きっと》和歌も御上手でいらっしゃいましょう」

と言うのだったが、

「いいえ、僕は歌はまるで詠《よ》めません」

謙遜《けんそん》かと疑わせる余地も与えぬ明秀の、はっきりしすぎた返答に興褪《きょうざ》めて、

「あらそうですの」と夫人は正直に気の毒そうな面持《おももち》になった。彼女のこの人の好さが、明秀の退屈を見る見る居心地のよいものにした。彼は夫人の話を気をつかわずに聴くようになった。するとそのなかにも長閑《のどか》な気品――鋭くはないがどこか鄙《ひな》びた懐《なつか》しい気品――がうかがわれた。

その時清子が部屋へ入って来たのであった。

客を意識して世の親たちがするように、夫人が下らないことを明秀の前で次々と彼女に注意したり問いかけたりするので、清子は物もいえずに赧《あか》くなった。やや下ぶくれの、古風な雛《ひな》のような顔立ちでありながら、口もとにはなにか意地の悪いほどの頑固な線が秘められていて、それが彼女からいくらか女らしさを失わせている代りに、顔立ちに似合わぬ西洋の匂《にお》いを与えてもいた。明秀はむかし美術史の研究室で見せてもらった古代彫刻の女神像、たしかそれはアジヤの影響の下に成った羅馬《ローマ》末期の女神像が、これに似た不吉な意地のわるい微笑の線を口もとに折畳んでいたことを思い出した。こういう皮肉な微笑は、かえって屢々《しばしば》純潔な少女が、自分でもその微笑の意味

を知らずに、何の気なしに浮べていることがあるものだ。『処女の性質をこの人は過剰に持ちすぎているらしい』――明秀はそんな観察を清子の第一印象としたのである。

――二人きりの自動車の中でも、彼女の無口は明秀を苦しめはしなかった。少女と二人置かれると彼女を自分が退屈させているという妄想《もうそう》のために気難《きむず》かしくなり、そのためますます彼女を退屈させる結果に終るので、大人しい少女ほど彼には苦手《にがて》であったのだが、清子の無口は何かそれとは別なものだった。二人は一つの沈黙を頒《わ》け合っているようだった。二人は母親から銘々のもつべき荷物を膝《ひざ》の上にあてがわれて満足している幼い兄妹のようであった。

山内家から松下家へゆく道は古い閑静な街並《まちなみ》で、折柄の雨もよいに同じ高さの軒、同じように古びた看板の連なりが、退屈な古文書《こもんじょ》を繰《く》っている時の感じを以て、明秀には眺められた。しかし反対がわの窓のながめには、やはり頑《かたく》なに外へ目を向けている清子の横顔が前景になっているのだった。それはたしかに美しい横顔だった。しかし窓のそとの埃《ほこり》っぽい薄曇りの街並が、彼女の横顔を仮面のように冷たく際立《きわだ》たせていた。突然その単調な街の風景が切れた。そこに思いがけない広闊《こうかつ》な青空があった。一瞬海かと疑われた程だった。そこだけに雲の断《き》れ目があって瑞々《みずみず》しい青を滴《したた》らせているのだが、曇った空と曇った町とが符節を合わせて鮮《あざ》やかな断面を見せたかのように、そこは街の一角が焼けおちた火事跡の空地であって、まだ焦《こ》げた木組がそそり立っているのが見られた。

自動車は速度を早めていた。だから明るい焼跡と雲間の青空とは一瞬にして飛び去って、ふたたび暗い単調な商店街が流れはじめた。しかしその一瞬に、清子の横顔が雲間から放たれた一閃《せん》の光りに射られて、その顔から仮面が剝《は》がれ落ち、まともに見ることの憚《はばか》られるような、殆《ほとん》ど羞恥《しゅうち》を忘れた、一人の部屋で誰も見ていないものと確信して裸かになった瞬間の少女のような、無《む》防禦《ぼうぎょ》の表情が現われたのを、そして焼跡が視界を去ると共にその表情も忽《たちま》ち消え失《う》せたのを、明秀は見たのである。――こんな叫びをあげたのはその愕《おどろ》きのためだった。決して言葉どおりの愕きではなかった。

「あ、火事があったんですね」

彼女は黙ったまま不審そうにこちらをふりむいた。

自動車はもう焼跡をすぎていた。

「あなたの見ていらした方に火事の跡があったでしょう」

「火事の跡？」

彼女は今更らしくもう一度窓のほうへ顔を向けた。そこには苛立《いらだ》たしく古いどんよりした街の風景が繰られてゆくばかりだった。

『清子は今まで何を見ていたのかしら？　彼女が見ていたのは窓外の景色ではなかったのか？』――明秀も奇妙な苛立たしさに駆られてこんな風に訝《いぶか》ってみたものの、あの青空と焼跡とは次第に彼自身の幻影ではなかったかと疑われだした。それが幻影としか思い返されぬほど、自動車の中にまで立ちこめてくる雨もよいの薄明であった。

清子と連れ立って入って来る明秀を見ると、久しく会わない友人たちは、早速からかいたげな目附をして二人を迎えた。この見当外れが再び明秀を、意地のわるい期待で微笑《ほほえ》ませた。自分がたしかに自分でないものとして人の目に映っている、こうしたささやかな確証は彼を喜ばせた。こうした確証の下《もと》に自由に振舞えるという喜びだ。松下家の執事と何か相談していた新倉が二人を見つけてにこにこして近づいて来た。

「素敵だよ。素敵なフィルムだよ。僕は今夜で観るのが三度目だから大して愕かないけれど、女の人にまで見せていいものかどうか迷っているんだ。そうかと言って女の人をかえして了《しま》ったら、活動のあとでダンスが出来なくなってしまうしね。いっそのこと、お嬢さんの会員は映写中目隠しをしていていただこうかと思っているんだよ」

この倶楽部《クラブ》では今夜会員のために、松下侯爵の肝煎《きもい》りで、先頃輸入されてさんざんなカットに会ったチェッコの活動写真のノン・カットのフィルムを、公使館から直接借りて映してみせることになっていた。

明秀にばかり話しかけている新倉の口調は、実は傍《かたわ》らの清子に間接に話しかけているようなもので、仲の好い一組が「新倉っていい奴だろう」「新倉さんて本当にいい方だわ」と共通の話題にしてしかもお互いに嫉妬《しっと》を感じないですむような、そういう安全な「よい人」の位置に、わけても恋人同士らしい男女の前では自分を置こうとする、新倉一流の努力の現われであった。

「賛成。目隠し大賛成。君の考えたプランのなかでとびきりの名案だよ。浅野かなんかに智慧《ちえ》をつけられたのではないの？」

浅野という女好きの友達の名前まであげて、明秀もそんな冗談を返しながら、清子が下を向いて赧《あか》くなって笑っているのを可愛《かわい》らしく眺めた。『もし僕がこの人を愛することができたら……』――彼はいつのまにかそういう気まぐれな偶然を戯《たわむ》れの期待で待っているのだった。つまり死を前にした不真面目《ふまじめ》な戯れがだんだん嵩《こう》じてくるのだった。

――しかし友人たちのお節介な眼差《まなざし》よりも、次第に明秀の居心地をわるくしたのは、むしろ新倉の、にこにこした親切そうな、今すぐでも一肌脱ぎたそうな目附であった。

活動写真が終ってダンスがはじまったころ、清子もそういう新倉の態度を気にしていることが、明秀にはわかってきた。二三曲踊ったあとで、急に用事を思い出したので先に帰ると清子が言い出したのだ。——明秀は彼女を玄関まで送って行った。

夜に入ってからふりだした雨がひどくなっていた。玄関から見ると前庭の雨足は燈火を反射して凄《すさ》まじく白かった。山内家の車はまだ来ていなかった。彼女は電話を借りるので明秀に一緒に来てくれと頼んだ。電話室の前で待っている明秀の耳に、半ば開けた扉から、「ええ、でも急にかえりたくなったから」という清子の声がきこえた。用があるとさっき言ったのは口実であったのだろうか。

清子は電話室を間もなく出てくると、

「運転手が先にお父様を迎えに行きましたの。時間がまだ早いと思って。お父様は今藤村さんのお家へ行っていらっしゃるんですって」

「家へ？　……それではここで待っていればお目にかかれるわけですね」

「ええ……ですけれど、いらっしゃるかどうかわからないわ」彼女は甲斐々々《かいがい》しくハンドバッグを抱《かか》え直しながら「わたくしやっぱり先に帰りますわ」

「この雨のなかを？」

「傘を念の為にもってまいりましたの」

「僕も……」

——清子は明秀の答を待つばかりだった。こうした場合に女の性質がはっきりと出るものだ。彼女は他の女たちがする如く明秀の心を覗《のぞ》こうとせずに、躾《しつけ》のよさからか、或いは軽い片意地から、その心の戸の外で主人の出て来るのを待つ犬のようにして待っていた。それが明秀を気楽にした。送りましょう、お宅まで、と彼が言った。

雨は烈《はげ》しかった。しかし風がなかった。すべての音を押し包んでしまう雨の響は重い静けさのなかに凝《こご》った。急坂を街燈に光って水が走り下りていた。「松下さんで車を頼んでいただけばよかった」明秀が言うと、彼女は濡《ぬ》れたような白い顔をあげた。「でも駅はすぐでしょう。この坂を下りればもう見えることよ」——その一本調子な突慳貪《つつけんどん》ともきこえる返辞にさえ、明秀は彼女の過剰な羞《はじ》らいをしか読まなかった。

駅のプラットホームで彼は久しく会わない母の友達に会った。この不恰好《ぶかつこう》な革の手提をぶらさげた老嬢は、有名な婦人運動の指導者で、笑うと顔に皺《しわ》がふえるというので決して笑わないことを信条にしていた。一通り母の健康をたずねると彼女は、「お妹御さん？」と清子を見据えながら明秀にきくのであった。忽《たちま》ち清子が赧くなったので明秀の返事は要《い》らなくなった。「ああそう」無関心を装《よそお》って老嬢は一人でうなずいた。

その人と別れて乗った電車の中で、この挿話《そうわ》はいくたびか二人の心によみがえった。どこが一体二人は兄妹のように似ているかしら。こうしてお互いを見詰めても、それほど似ているとは思えないのに、他人の目に映るそのような類似は、二人の心のどんな微妙な機構の類似がなせるわざであろうか。

山内夫人はお里へ遊びにゆき今晩は泊る由《よし》だった。清子が無理に引止めるので、明秀は上って男爵の帰りを待つことにした。清子は何か明秀に話したいことがあるらしかった。会の途中で帰宅したのもただこのためかもしれなかった。

清子は飾戸棚をあけて写真帖《ちょう》をもってきた。

卓の上で写真帖を繰り、まだ貼《は》ってない一枚を明秀に渡した。

「お父様がさしあげるように言っていらしたの」

それは京都での祖父の墓の写真だった。そういえばあの時、山内氏は外套《がいとう》の肩からライカをかけていたのだった。写真のなかの閑雅な墓は、祖父が生前に選んでおいた利休好みの石塔であったが、写真の焦点はおそらくそれにはなくて、墓先の苔《こけ》に落ちた一輪のあでやかな早春の椿《つばき》に向けられていた。それは可成《かなり》鮮明にとられた写真なのに、はじめのうちは苔に落ちた椿とはみえず、ハンケチが落ちているのかと思われたくらいである。しかしその白がまだ清らかなままに落ちた椿の白であり、光沢《つや》のある緑の苔に守られた白だと気附くと、写真のなかから早春のつつましい大気の匂いがひろがり出てくるように思われた。その季節の匂いに誘われて彼は神戸の埠頭《ふとう》を訪れたのだった。そして凜烈《りんれつ》な朝風の彼方《かなた》に、この悲劇的な明るさを帯びた早春の大気が教える誘《いざな》いの意味を、即《すなわ》ち死の意味を予知したのだった。

たとい山内氏が明秀に渡すように命じた写真であっても、このような写真を彼に示したことに清子は何かの期待をもっているのだろうか。こう考えた明秀は、ふと写真から目を上げて向うの長椅子《ながいす》の清子を見た。彼女がアルバムの重みにつつましく膝を引き締めて静かにそれを繰《く》っているさまを明秀は想像していた。しかし彼の唐突に上げた目は、意外にもじっと彼を見戍《みまも》っていたらしい清子の目とかちあった。その眼差にはどこか巫子《みこ》のような輝きがあった。その眼差はしばし蝶《ちょう》のように、明秀の視線が投げた投網《とあみ》のなかでもがいていた。そしてやっとのことで投網をのがれ出ると、屈辱的な暗さに充《み》ちて伏せられた。

女のこのような目遣《めづか》いを、今さら誤解するほど初心《うぶ》な明秀ではなかった。彼を今のような破局へ陥れた美子との交渉ではいたいたしいばかりの純真ぶりを見せた明秀も、死の決心が齎《もた》らした不真面目な戯れの気持から、実行を伴わない放蕩者《ほうとうもの》の陽気さと洒《しゃ》脱《だつ》さとを身につけるようになっていた。偶然への期待が、美子に対する時は苦しい不断の営みであり、今日此頃《このごろ》は生への気軽な呼びかけ・生との軽薄な交際のしるしであった。

この気まぐれな衝動から、明秀は墓の写真を片手の指さきで叩《たた》きながら立上り、

「京都の御法事の時の写真は他にもありますか」と言いざま、アルバムをひろげている長椅子の清子の傍らに腰を下ろした。

清子は少しでも目を動かせばそこに明秀の顔があるので、アルバムの頁《ページ》の一点に、まるで虫眼鏡をのぞくように眼差を固定した。それから時々、不意に思い出したように明秀と反対の方向にあるドアを見た。葡萄《ぶどう》の彫刻のあるその厳《いか》めしいドアに許しを求めるかのように。——頁を繰る二人の手が時としてもつれあった。清子の女子学習院時代の写真があった。その中の一枚で、彼女が美しい長身の青年と庭に立っている写真。明秀は清子がいそいでその頁を伏せるのを、そして次の頁のつまらない記念写真について長々と説明を加えるのを、やがて見終った写真帖を家庭教師の課業が済んで教科書をしまいに行くように蔵《しま》いに立つのを、次第に醒《さ》めてゆく気持で見送るだけだった。しかし清子はまたもとの場所、明秀のすぐ身近へかえって来た。わざと席をかえたりすることはたしなみのない振舞だと思ったからにちがいない。

二人は黙っていた。それは決して松下家へゆく車中でのような気のおけない沈黙で

はなかった。二人はその沈黙のなかで幾度となく目をさましては、そのたびに自分をとりかこんでいる沈黙を見出《みい》だした。病人が目をさますたびごとに自分の病気がまだ治《なお》っていないのを発見して絶望するように。

急に明秀が煙草《たばこ》を出してライターで火をつけた。滑稽《こっけい》なほど事々しい動作だった。清子がふと眉《まゆ》のあいだに苦しげな表情をうかべた。何か言おうとしてまだ決心のつかない彼女の苦しさを救ってやるために、明秀は今一ト喫《の》みした煙草を灰皿にもたせた。手術室で手術のさなかに流れるような透明な時間だ。彼は肩で心もち清子の肩を押した。そして手のほうはわざと見ないで手さぐりで清子の手を握りしめた。

いかに純潔がそれ自身を守るために賦与《ふよ》した苦痛の属性が大きかろうと、喜びの本質をもった行為のなかで、その喜びを裏切ることが出来るだろうか。清子が無智だからということは言訳にならない。無智はこのような時にこそ本然の智慧《ちえ》のかがやきを放つ筈《はず》だ。手を握られた清子の眉にあらわれたのは、前よりも確実な、およそ喜びのもたらす苦痛とは縁のない苦痛だった。もっとも端的に男の矜《ほこ》りを傷つけるような苦痛だった。

『思いちがいだったのだ。この少女が言おうとしたことは、《僕を愛している》ということではなかったのだ。何というぶざまな真似《まね》をしてしまったのだ』

明秀はこの時、他の男ならするであろう八ツ当りへは逃げなかった。彼は依然、(自殺をしようとしている人間にこのことあるは滑稽以外の何ものでもないが)、自分を傷つけるのが怖《こわ》いのだった。彼はあわてて、死を前にした自分の戯れの気持、という観念へのがれた。今こそこの観念を強調する必要があったのだった。

清子はすばやく手を引いて立上っていた。彼女は罪にひしがれた表情で立っていた。唇を美しく歪《ゆが》めて。もしこの時、部屋の外に、父がかえって来たざわめきが近づかなかったら、彼女は明秀の前にひざまずいていたかもしれなかった。

しかしざわめきは忽ち近づいて、召使の声に大声でうなずいている男爵の声がドアに迫って来た。

清子と明秀の些《いさ》かこだわった様子に男爵が気附かぬ筈はなかったが、今宵の男爵はびくともしない上機嫌《きげん》の鎧《よろい》を身につけて、どんな不祥の矢も怖《おそ》れない身構えだった。その前に明秀は自分を小さく感じた。

「いいじゃありませんか。まだ宵の口ですのに。車でお送りしますからぜひ今晩はゆっくりしていらして下さい」――そして茶を運んで来た召使の老女に、「宗久《むねひさ》は部屋にいるの？　御挨拶《あいさつ》に出てくるように言っておくれ」

やがて客間へおずおずと清子の弟が内気な毀《こわ》れやすい微笑をうかべて入って来た。中等科の五年になったばかりの宗久は、八年も先輩の明秀に恐縮していた。明秀が馬の話題をもちかけた。するとよく覚えておいたところを試験問題に出された生徒のように、宗久は饒舌《じょうぜつ》になった。父によく似た甲高《かんだか》い声で。――きけば明秀が好んで乗った学校の馬のなかで純白の「朝雪」も栗毛の「伯井」も死に、今では主馬寮《しゅめりょう》から来た「紫王」という馬が人気の中心だというのであった。宗久は馬術部の部員で毎週T倶楽部の馬場へも通っている由だった。

男爵が傍らから言った。

「これの亡《な》くなった兄はどういうものか馬だけは嫌いでした。スポーツは何でもやったのですが」

「ああ、競技部にいらした方ですね」――明秀は気がついた。ついぞ触れぬ亡くなった長男のことを言い出したのも、男爵の今宵の不敵な上機嫌がさせる業《わざ》なのだと。彼は他人の不幸に辻褄《つじつま》を合わせるお定まりの態度をわざととらないで、男爵の言葉を一見冷淡に聞き流した。そのデリカシイは男爵の心に深く触れるものがあった。彼は感嘆の眼差を、同意を求めるかのように清子の上に投げた。それまで黙っていた清子は父の目じらせをやさしい非難と勘違いした。会話に加われと父は催促しているに相違ない。彼女が自分から口を切ってきょう松下家の会で誰に会ったとか活動写真がどうだったとか話しだすのをきいて、宗久はひそかにおどろかずにはいられなかった。ここ幾月も姉が来客の前でこんなにお喋《しゃべ》りをするところを彼は見たことがなかったのだ。明秀も亦《また》その場の空気で彼女の贋《にせ》の陽気さに騙《だま》されていた。彼は些か呆気《あっけ》にとられた。すべてがこちらの一人相撲《ずもう》ではなかったろうか？　もはや彼のみが誇大な気持を抱《いだ》いていることが莫迦《ばか》らしさに、明秀も清子にこたえてあの会で見た誰彼の滑稽な様子を言い出しては笑いさえした。二人をにこにこと見比べながら、ますます男爵は御機嫌がよかった。この分では藤村明秀のおかげでどうやら清子の憂鬱《ゆううつ》症も快方に向うように思われたから。

あくる朝の食事の折、明秀の母は何故か大そう不機嫌だった。しかし彼はその母の不機嫌から、昨夜見た男爵の上機嫌をそっくり裏返したようなものを感じた。そういえば男爵の昨夜の闊達《かったつ》さにも、京都ではじめてその人に会った折の、人を寂しくさせる要素が欠けていたのだ。

それに比べて子爵は明秀にしきりと話しかけた。今朝の新聞に出た仏蘭西《フランス》の新らしい陸軍大臣が、留学当時士官学校の若い教官だったことなどを。——あまつさえ明秀が外出しようとすると、「では途中まで一緒に行こう」意外にも父がそう誘った。しかし戸外《そと》を歩く時、子爵はまた昂然《こうぜん》として取りつく島もないような容子《ようす》で歩くのだった。

扨《さ》てあのように忘れがたい美子に会おうともせず手紙をさえ出さない明秀を現代にありえない型の人物だというならば、作者は少しく弁解しておかねばなるまい。（もしかしたら美子のなかには気まぐれのつれなさをやさしく悔む心が芽ばえ、明秀の方から訪ねてゆけばすぐさま昔の熱情をその身によびかえすかもしれないのに。）彼の性格は自己に忠なるかにみえてそうではないのだ。ふつうの人間なら他人の目に辻褄が合いさえすれば、自分の内部でどんな矛盾撞着《どうちゃく》があろうとお構いなしなのを、明秀の秘密主義は人には隠し了《おお》せても自分の内でなお辻褄を合わせようとする点で一応自己に忠実だとみえはするが、実は見栄《みえ》や意地や掛引を他人に対してのみならず自己に対しても濫用《らんよう》する結果に終るので、むしろその反対だと言わねばならない。自分の心の動きに一生懸命辻褄を合わせようとする明秀の努力は、読者がつぶさに見て来られた通りである。美子に会うまいとする決心はこの努力の結論でなくて序論なのだ。彼の生活はすべてそれに立脚しそこから出発する。我々も忘れていない事柄を一度も思い出すことがないように、彼は美子に会わぬというところにすべての行動の源を見ているので、もし会おうと考えた時は彼が美子から一歩離れ得た時だということになる。この一ト歩《あし》がいかに難しいことだろう。その一ト歩は美子への恋から遁《のが》れさせる唯《ただ》一つの契機になろうもしれぬのに。

いわば新らしい恋がはじまったのであった。蔦《つた》や庭草は嫩葉《わかば》して来た。芝生《しばふ》は鋭い緑を競い立たせ庭石をそっと持ちあげるかのようだった。

彼は美しい晩春の日々を家の中で過した。すると今まで彼をそこかしこへ駆り立てていたもののまやかしがわかるのであった。そんな一日に新倉が彼を訪ねて来た。

新倉は友人という友人を家族の一員のようにその生活の隅々《すみずみ》まで知り尽しておかねば気がすまぬ性質だった。内向的な人間にも陽気な人間にも、彼は等しく懐《なつ》かれていた。学生時代から彼の周囲には、別に英雄崇拝の動機をもたない取巻き連がいつもいたものだ。そのなかの一人が、「新倉さん、今日は一寸《ちよつと》用があるのでこれで失礼します」というと、新倉は即座に、「ミス・軽井沢にどうぞよろしく。しかし彼女の御機嫌がわるくっても、どこかへシケ込んで朝がえりなどということにならないように」といった具合に応酬するのだ。彼の記憶が編輯《へんしゅう》した Who's who はおどろくべく完備

していた。しかし自分の項目だけは白紙で残しておくらしかった。だから、

「このあいだの女の子可愛《かわい》いじゃないか。君は半年ばかりも姿をくらまして何をしているのかと思っていたら、ああいう効果的な現われ方をするつもりだったんだね。いつ結婚するの？」

　新倉が切り出した話もそんなところからだった。

「何でもないんだよ」――明秀はふと、病人のそれを思わせる笑いをうかべた。

　この笑いを、清子との間に何かうまく行かなくなった事情が生じたことを意味するものだと釈《と》った新倉は、わざとしらぬ顔に傷手《いたで》にふれてゆくあの思遣《おもいや》りの一方法で、追究をつづけた。

「とにかく半年間のいきさつを洗いざらい話してしまえよ。相談に乗ることがあればいくらでも乗ろうじゃないか」

「何もありはしないったら」

　こうしてじりじりと追いつめられるのに任せておいた明秀は、眩暈《めまい》のしたような気持になって、ふと新倉に美子とのいきさつをのこらずぶちまけてしまおうかと思った。目前の相手の告白に感動することでは比類ない新倉が、共に泣き明秀の手を握りそれから跳び上って、一面識もない美子のところへ談じ込みにゆくだろう。美子は感動し

てここへやって来るにちがいない。泣きながら！

ここまで考えて彼は正気に返った。何という莫迦《ばか》げた真似《まね》をしようとしたのだ。そんな狂気がいつまた戻って来はしないかという想像で彼は恐怖に駆られた。

「一寸失礼……」――彼は席を外して階段を下り、離れまで足早に行った。杉戸の外から、

「お母《たぁ》さん、いらっしゃる？」

「明ちゃん？　何か御用……」

「新倉が来ているんです。すっかり御無沙汰《ごぶさた》したのでお目にかかりたいって言っていますが……」

――新倉は明秀と共に入って来た藤村夫人を見るや、この話題を打切らねばならぬものとさとった。『小学生みたいな奴《やつ》だな、お母さんを呼んで来るなんて』――彼は少し明秀に腹を立てていた。

初等科から同級で明秀とたずね合う度数も一番多い新倉の来た時のみは、藤村夫人は気軽な気持で顔を出した。新倉という男が又、目上の人の扱い方に一種独特の才能を持っていた。校友会の大会には接待係に任命されるのが常だったし、大学へ来てからも御年寄の教授連の受けが頗《すこぶ》るよかった。彼はそういう自分の才能を愛しており、

そのめざましい効果に対して少なからぬ興味を寄せていた。態度そのものの老成さと、こんな興味を抱いたりすることの若さとが、彼の年齢を言い当てにくくするのであった。——果して藤村夫人を迎えた新倉の様子には、明秀への不快の感じはほんのわずかしか流れていなかった。

「お母様はお変りなくて？」

「ええ、元気すぎて困っています」——彼は愛国婦人会の仕事に熱中して席暖まる暇もない所謂《いわゆる》「名流婦人」の母親を、面白おかしく描写してみせた。友人向の話題と目上の人向の話題とを巧みに使いわける新倉に、いつも微《かす》かながら明秀は友情の隙間《すきま》を感じるのだ。雲の上の穿《うが》った風聞なども、藤村夫人と明秀に初耳のものばかりだった。ふしぎと宮中のゴシップは藤村家のような堂上華族《どうじょう》の家より先に、新倉のような実業家の家庭へ洩《も》れ伝わるらしかった。実は藤村子爵がそういう話題を胸にしまっておくのに反して、新倉家のような家ではわざと大袈裟《おおげさ》に取沙汰《とりざた》するところから来る現象にすぎないのだが。

——彼がかえったあとで、

「面白い方」と藤村夫人は息子をかえりみて頰笑《ほほえ》んだ。「それになかなかどうして確《しつか》りしていらっしゃるわ。あなたも将来あの方にいろいろお世話になると思うわ」

『おたあさんも矢張同じようなことを思われるらしい』と明秀はひそかに考えた。『友人たちが彼を見て思うのと同じ事を』

卒然として彼は、先刻打明けたいという欲望で彼を物狂おしくさせたのも、新倉がその周囲にひろげる魔力のしわざに他ならなかったことに気附いた。

藤村家の旅行の習慣は去年の夏以来、殆《ほとん》ど廃《すた》れてしまった。それに海を越えてゆかない限り珍らしい土地もわずかとなった。旅行も亦企業のようなものである。同じ目的にむけられた共同経営者の溌剌《はつらつ》たる企業心とお互いの信頼が必要だ。旅行では金の代りに心が投資されるのである。

明秀の無謀な恋を堺《さかい》として、藤村家は夫人も明秀も、われしらず一人立ちする方向へ歩み出していたようであった。皆がそれを暗々裡《あんあんり》にみとめ合っていた。しばらく旅行の途絶えていたことが藤村家の微妙な変化の原因でもあり結果でもあったのだ。

木々の若枝に青葉が競い立って来た。梢々《こずえこずえ》が緑の焔《ほのお》に巻かれているかのようだった。藤村子爵は長良《ながら》川の鵜《う》飼《かい》始めに招かれていた。御家族もということだったが、夫人は一度見れば沢山というので行かなかった。彼地《かのち》の知事や有力者の野鄙《やひ》な歓迎を怖《おそ》れながらも、子爵は貴族院の友人たちと共に発《た》った。

その明る日、銀座五丁目のとある時計店で、夫人は明秀と共に知人の結婚祝に贈る七宝《しっぽう》の対《つい》の花瓶《かびん》を注文していた。その時、上品な小柄の紳士が扉を排して入って来た。学習院の制服を着た少年と何か話しながら。それは山内男爵だった。少しおくれて山内夫人も。

二組の家族は賑《にぎ》やかに挨拶《あいさつ》を交《か》わした。男爵は藤村夫人の傍らに腰かけ、宗久のための時計を選《よ》り出した。「よく落すんですよ、この人は。中等科へ入ってから三つ目なんです」――この父の言葉で皆に笑われて宗久は真赧《まっか》になった。買物を済ませると、山内氏の提案によって、五人は男爵の車で日比谷《ひびや》の北京料理陽々亭へ赴《おもむ》いた。車におちついてふと思い出した藤村夫人が、「清子さんは今日《きょう》は?」と聞くのであった。「一寸《ちょつと》風邪を引いて寝《やす》んでおりますので」と山内夫人は、それ以上触れられるのを避けるように簡単に答えた。

料理を待つ間《ま》も明秀は、山内夫人とこまやかに話している母を、才女だと感心してながめていた。こうして他人の前でみると、去年の夏までの母といかに変ってみえることであろう。どちらが母の生地《きじ》なのだろうか。――両夫人の会話はいかにもこだわりのないものだったが、時々口を入れる男爵の言葉に藤村夫人が答える口振りも同じ程度のこだわりのなさを持っていた。明秀は母が女同士の口のきき方で男爵とも話しているような気がした。母は油断しているのか。それともその反対なのか。いずれにしろ山内男爵がはじめて訪ねて来た前後の母のぎごちない容子に比べると今は嘘のようだった。

「松下さんのところの来週のスケジュールは何ですか」——山内氏はいつもの慇懃《いんぎん》さを失ってはいないものの、明秀がはっとするほど軽薄な口調できいた。

「リサイタルです。大迫《おおさこ》さんのお嬢さんの」

「所謂《いわゆる》天才ヴァイオリニストですね。あの家は一家そろって天才なのでね。お祖父《じい》さんが女たらしの天才、お父さんがゴルフの天才、叔父さんが借金の天才、学生時代彼に踏み倒されなかった友達はありませんでしたね」

しかし帰路、夜の銀座を散歩しながら、山内氏はまた篤実《とくじつ》な調子に返って明秀に囁《ささや》くのであった。「もしお暇だったら近いうちに遊びにいらしていただけませんか。実は清子が、今風邪気味で寝ているのですが、貴方《あなた》がおいでになりさえすれば元気になることがわかっているものだから」

——ふつうの青年なら重荷と感じるだろうこの種の信頼を、明秀は気軽な気持でうけとった。死の決心は彼に、人が「宿命」と呼んでいるものを蔑視《べっし》することを教えていた。あれは宿命でも何でもなく、人が環境の手から与えられたものの力に関する暗示作用にすぎなかった。しかるに今、明秀はすべての宿命らしきものから自由なのであった。周囲の人々は明秀をがんじがらめにしているつもりで、彼の形骸《けいがい》をがんじがらめにしているのだった。彼は別の場所に立って、彼の宿命を彼自身の手で選んだのである。いわば人は死を自らの手で選ぶことの他《ほか》に、自己自身を選ぶ方法を持たないのである。生を選ぼうとして、人は夥《おびただ》しい「他」をしかつかまないではないか。山内氏からこんな信頼をうけてみると、そういう信頼の重みを物ともしない自分の身軽さがわかって明秀は嬉しいのだった。これは死の虚栄心ともいうべき嬉しさだった。

こんなことを考えているうちに、男爵は身をひるがえして洋品店へ入って行った。ネクタイを買おうというのであった。明秀は宗久と又似たりよったりの馬の話を二言三言交《か》わしていたが、ふと気がつくと、鏡に向って自分のネクタイの上にいろいろなネクタイを重ねてみて柄を選んでいる山内氏の傍らで、顔を近づけて何かと意見をのべたり、そればかりか自分の手で男爵の胸もとへネクタイをあてがってみたりしているのは、意外にも山内夫人ではなくて明秀の母なのだった。山内夫人は泣いたような眉《まゆ》をよせてショオ・ウィンドウを裏側からぼんやりながめていた。その中ではコンパクトをのせた花形の円盤が電気仕掛でゆるゆるとまわっていた。

母は自分も一しょに鏡をのぞきこんで、若々しい笑い声を立てていた。

「この柄にあそばせよ。あなた、十ぐらい若くお見えになるわ。この柄を平気でお締めになるくらいの勇気があれば、何でも出来ないことはありませんわ、きっと」

松下家の土曜の会に彼は一人で出掛けた。

晩餐《ばんさん》の用意ができるまでの時間を、若い会員たちは雑談をしたり、一隅でチェスを戦わせたりしてつぶしていた。彼は新倉をかこんでいる雑談の一ト群れに加わった。この倶楽部《クラブ》でもハワイアン・ギターとスポーツの知識に加えて、若干狭斜《きょうしゃ》の消息に通じていることが女の子たちに尊敬をおこさせる秘訣《ひけつ》なのだった。経験の寡多《かた》が微妙な番附を拵《こしら》え、彼等の整然たる経験の階級社会を規律していた。彼等は不実の魅力を理想としていた。令嬢たちも男友達のこうした嗜好《しこう》を弁《わきま》えており、不実の仮面の裏に真実の吐息が聞かれるようになると、快活さと残酷さの入りまじった微笑で以《もっ》て、そしらぬ顔で身をよけた。やがて彼女達は彼等を子供らしいと思うようになり、今までは彼女たちを遠くからちらりと見るきりだった年長者と結婚するのだった。

「まだ天才は現われないね」と新倉が言った。

「勿体《もったい》をつけているんだよ。デザートのころになってやって来て、『よその演奏会がすんでやっと駈《か》けつけてまいりましたの』なんていう口上《こうじょう》をのべるから見ていてごらん」

「きょうはみんなお義理のお客だということがあの方おわかりにならないのね。それをわからせるために、拍手をするとき一二三ではじめて皆十ずつ拍手して一緒にぴたりと止めたらいいわ」

「それでは神《かん》ながらの道になってしまう」

「あらあの方の天才気取は完全に神がかりだから丁度いいことよ」

その時ドアが小さく揺れた。「シーッ、そら天才が来た」

しかし入って来たのは大迫嬢ではなかった。それは骸骨《がいこつ》という仇名《あだな》の痩《や》せた美学者だった。光線の加減で、落ちくぼんだ目が一瞬本当の骸骨のように妖《あや》しく見えた。

「天才かと思ったら骸骨だった」

「どっちでも同じようなものさ」この皮肉屋の青年はにこりともしないで答えた。

「奈良へ行っていたんだって?」消息通の新倉がたずねると、

「ああ、法隆寺の問題でね。奈良ホテルに泊っていたんだが、昼間はK教授に追いつかわれ、夜は新婚夫婦に悩まされ、東京へかえったら目方が一貫目減ってしまったよ」

「ホテルなら新婚組も別に邪魔にならないだろうがね」

「ところが一組あきれたのが居たんだよ。階下のサロンで二人で頰っぺたをくっつけてピアノをお弾《ひ》きになるんだ。ＷＣへまで御一緒においでになる。廊下は腕を組んで口笛を吹いてお通りになる。ボートに乗ればあんまりふざけて転覆して仲よく濡鼠《ぬれねずみ》におなりになる。夜は毎晩一睡もしないらしくて、午前中は決してお目ざめにならない。しかし気前よくチップをお弾《はず》みになるのでホテルも文句が言えない。おしまいにはあの狭い庭の斜面で、どうせ人に見られることがわかっている灌木《かんぼく》のかげで、真昼間チユウチユウキッスをなさる。あれは今頃もまだつづいているかもしれないねえ。僕たちがいよいよ逃げかえる時も、ホテルの主人のような顔をして『またおいでなさい』なんていう挨拶をしたからねえ」

「知ってるのかい君はその男を」

「知ってるも知らないもあるものか。山岳《さんがく》部の三宅さんだよ。相手は原田美子という名うての不良少女だよ」

　美子は双葉《ふたば》出であったので、近年の女子学習院の卒業生の名を一人のこらず諳《そら》んじている友人にも、それは些《いささ》か縁遠い名に相違なかった。そして憾《うら》むらくはこの一群には、学校関係のせまい交際を超《こ》えて美子の赫々《かくかく》たる名に親しんだような洒落者《しやれもの》はいなかった。

――明秀はわれながら見事だと思える寸分動じない表情でこの衝撃に耐えていた。

父祖伝来の秘密主義が今ほど晴れの舞台を見出《みい》だしたことはなかった。彼は膝頭《ひざがしら》がふるえやまないのを感じていたが、それは自分の感情とは関《かか》わりのない神経系統の悪戯《いたずら》であった。彼は苦しみに耐えている人間がしているあのくすぐったいような喜劇的な顔を、自分の顔の上に丹念に思いえがいてみるほどの心の裕《ゆと》りをもっていた。それでいて苦しみというものを一つの物質のようにはっきりと意識していた。射《う》たれた人が、自分の肉体のなかの弾丸を意識するように。

そうしているうちに、彼は「平気な顔をしている自分」が次第に本来の自分から脱け出してふわふわと浮游《ふゆう》しはじめるのを感じた。それをとり押えようとする。それはなおも脱け出してゆく。仕方なしに今度は本来の自分に無理矢理に平気な顔をさせようと試みる。するとまたその平気な顔だけがふわふわと脱け出してゆく。そういう経過が幾度か繰り返され、ぬけ出した自分の平気な顔・ゆがんだ薄笑いをうかべている痴呆《ちほう》の顔が彼自身のまわりに群がりだし、彼の空《むな》しい努力を声のない笑いで見戍《みまも》っているように思われた。

一旦成功したかとみえた際《きわ》どい自己韜晦《とうかい》はこの目まぐるしい自己分裂、狂気に近い精神の空転をもたらしはじめた。彼には皆が何を喋《しゃべ》っているのかきこえなくなるのだった。そうなるとますます病的に「理性」と呼びなされるあの野暮な固定観念にしがみつく他はないのだった。そこには、「他人の結婚という自殺の動機は滑稽《こっけい》である」とか、「他人の結婚を直接動機とする自殺は人間の最も崇高な献身の一つである」とかいうたわいもない相矛盾した観念がちらばっていた。

「さっきから少し頭が痛むので今日は失礼する」——彼は謹厳な調子で新倉に囁いた。新倉はなるほど顔色がよくないようだなどとさんざん喋ったすえ別れの握手を求めたが、明秀は手のふるえをさとられるのがいやさに応じなかった。

戸口まで送って行った新倉は急に目を丸くした。今まで沈鬱《ちんうつ》きわまる表情をして額に手をあてていた明秀が、別れしなに新倉の顔をじっと見ると、全く突然、にやりと、とってつけたような不可解な笑いをうかべたからである。

そういう笑い方さえも綿密な意識の計算に基いていることを彼の心は一方で執拗《しつよう》に主張していた。しかし計算は、解答を求めるという明白な目的をもっている筈《はず》なのに、そんな笑い方に何ら意図された目的があろう筈はなかった。むしろ彼は意識に追いかけられ、意識があとから一つ一つ彼の行動をなぞってゆくのだった。あくまで彼の一挙一動は無意志であったろう。この無意志をなぞる意識の追及を人は死神という名で呼んだのであった。

やっとのことで家にたどりつくと、彼は召使にとんちんかんな返事をしながら自室へ昇った。遺書を書いたり、書物を整理したりする気持は更になかった。不思議なことだった。彼を領しているのは或るどうにもやりきれない眠たさだけなのだった。眠いのを我慢してやっと外《そと》からかえって来た子供が、ベッドにもぐり込もうと寝室へ急ぐあのうずうずした気分しかなかった。彼はベッドにうつぶしになって枕《まくら》にじっと顔を伏せていた。

しばらくして目が薄荷《はっか》のように冴《さ》えてきた。すると今のは本当の眠たさではなかったことがわかりだした。あれこそは死なのであった。あれこそは自然死なのであった。薬品を用いた死はその拙劣な模倣にすぎぬ筈だった。

彼は机の抽出《ひきだし》から何度となくとり出してはながめた睡眠剤をまた取出した。白い端麗な錠剤《じょうざい》を掌の上にならべてみた。しかし残念なことに、それらの錠剤は一向いつもとちがった感動を発散してはくれないのである。やはりいつものように無表情なよそよそしい白さであり、何の魅力もない形をしていた。死というものは、いわば永く離れていた愛人との逢瀬《おうせ》のように、顔を見た刹那《せつな》こちらの首っ玉にとびついて来なければならぬ筈のものではないか。一体食欲《しょくよく》一つおこさせないようなこんな錠剤が、人に死をもたらす資格があるだろうか。

もうしばらく待って、又眺め直してみよう。

彼は窓へ歩み寄った。芝生《しばふ》の上に窓の灯の斑点《はんてん》が落ちている庭を瞰下《みお》ろした。おしつけた窓硝子《ガラス》の冷たさが彼の額を冷やした。その冷たさの感覚、あやまりようのない感覚が仲立になって、死ぬ前に叶《かな》えておきたいさまざまな感覚的な願望が蘇《よみがえ》り、群がるのだった。

一つの無邪気な声が、無邪気な狡《ずる》さでこう呟《つぶや》きだした。

『死ぬ前に只一度美子の顔を見たい。たった一ト言でよいから別れの言葉を投げかけたい』

彼は自分の心の内部にこのような声をきくと、放蕩《ほうとう》息子を持った父親のように、情なさといじらしさで身を慄《ふる》わせた。今まで死に対して懸けていた希望の凡《すべ》てが、死ぬ前に美子に会えるという希望の偽装にすぎなかったとは、何という貧しいいじらしさだ。この放蕩息子をやすやすとこのまま死なせるわけにはゆかず、ぜひともその前に折檻《せっかん》をしてやる必要があった。彼は折檻の方法を考えた。あらゆる訓誨《くんかい》に含まれる滑稽なほど真面目な或るものを、ぜひともわが身に課さなければならなかった。

ここに一つの方法がある。それは美子の代りに清子に別れに行くことだ。自分に何か精神的な欠陥があるのではないかと疑われた位、彼は清子の手を握ったあの晩についても、良心の苛責《かしやく》はおろか、羞恥《しゅうち》や悔恨をさえ感じていなかった。あの一日にふしぎな共感はあるにはあった。言葉の要《い》らない幾多の瞬間もあった。それというのも彼が彼女を妹のように愛したせいではなかったか。老嬢の目に兄妹と映ったことは、いみじくもこの愛情の性質を説き明かしていたのだ。妹へのいたわりらしい気持もたしかにあった。

しかしこの場合、父母に対して殆《ほとん》ど名残惜しさの兆《きざ》さないのは、恋が人を精神の領域で打算的にするからであろう。叶《かな》わぬ恋の代償そのものだけが彼には必要だったのである。

清子に会えば寧《やす》らかに死ねる気がした。今夜一晩の辛抱だ。遠足の前の日の小学生のように眠れぬものと覚悟した彼が、枕に頭をつけると間もなく寝入ってしまった。夜半に目がさめては驚くのであった。――成程、まだ僕は死んでいなかったのか。

自殺しようとする人間は往々死を不真面目《ふまじめ》に考えているようにみられる。否《いな》、彼は死を自分の理解しうる幅で割切ってしまうことに熟練するのだ。かかる浅墓さは不真面目とは紙一重の差であろう。しかし紙一重であれ、混同してはならない差別だ。

——生きてゆこうとする常人は、自己の理解しうる限界にα《アルファー》を加えたものとして死を了解する。このα《アルファー》は単なる安全弁にすぎないのだが、彼はそこに正《まさ》に深淵《しんえん》が介在するのだと思っている。むしろ深淵は、自殺しようとする人間の思考の浮薄さと浅墓さにこそ潜むものかもしれないのに。

明る日の正午をすぎて明秀が山内家へ出かけたのと丁度入れちがいに、突然子爵が帰って来た。

子爵は昨晩帰宅する心算《つもり》で彼地を発《た》ったが、友人に無理強《じ》いにすすめられ、熱海《あたみ》で下車し、案内されたその別荘の自慢の温泉はじめ心をこめた款待《かんたい》の一夜を過ごして今朝そこを発って来たのであった。旅行をなるたけ気軽なものにするために、予定を組んだり帰宅の時間を家へしらせたりすることは一切子爵の習慣の外《そと》にあった。

疲れがますにつれ募って来る旅行者のあの快活さがまだ子爵の上にくっきりと跡を残していた。それは多くは旅行者を迎える人との間に、ちぐはぐな処《ところ》から来る愉快な空気をふりまくのだ。

玄関に立ったまま子爵は執事から夫人と明秀についての報告を受けた。「奥様は元田様の奥様の御誕生日で華族会館へお呼ばれでいらっしゃいます。若様は山内様へお出かけのようでございました」

「ああそうか」子爵は子供じみた不満から素直に家へ上れなかった。ふと思いついて、

「ああ、車が帰ってしまわぬようにそう言っておくれ、一寸《ちよつと》出掛ける所があるから」

靴も脱がずに彼は車へかえった。華族会館へと運転手に命じた。我に返ると今度は自分の行動の子供らしさから、又もや素直になれなくなっていた。妻を迎えにゆこうという稚《おさ》ない思い附きはよいとしても、今から行って女ばかりの長たらしい会が済むまで何をして待っているつもりだったのだ。……


元田公爵夫人の会がひらかれていることは玄関の木札で確かであった。彼は年老いた「退屈」の権化《ごんげ》のようなS男爵に出会《でく》わして昼食を共にした。食事がすむと、この固いカラーと骨との間に夥《おびただ》しい皺《しわ》を挿《はさ》んでいる黴臭《かびくさ》い老人を、子爵はまこうと試みたが、ここへ通って目星《めぼし》い話相手をつかまえるのを日課としている老男爵が、おいそれと釈放してくれる筈はなかった。加之《しかのみならず》彼は大へんな酒豪だった。階下の芝生の庭に面したバアへ子爵はお供をせねばならなかった。

そこは「退屈」の匂《にお》いがたちこめている仄暗《ほのぐら》い部屋であった。テラスの彼方の芝草が赫奕《かくやく》ともえているだけに、ひとしお色濃くあたりの闇が感じられた。老男爵は何か喋《しゃべ》り出すまえに、口のなかでピチャピチャピチャピチャと舌の音をさせて、それから「あ

ー」という接頭句ではじめる妙な癖があったが、それはおそらく鸚鵡《おうむ》の舌のように乾いた舌を潤《うる》おす音らしいので、潔癖な子爵はいつも気味のわるい思いをするのだった。老男爵はしきりと政界の事情を聴きたがった。子爵の答がはかばかしくないので、自分から得々と該博な新聞知識を披瀝《ひれき》してきかせるのである。藤村子爵はふだんから親しまないウイスキーにはやくも飽きて、その鼈甲《べっこう》色のグラスを光りの方へ透かしてみた。四角や矩形《くけい》に切り抜かれて映っている室内の風景が、沈鬱な澱《よど》み色に透きとおっていた。――子爵には次第にここの空気が懐《なつか》しいものに感じられた。周囲の安楽椅子《いす》に埋もれている茸《きのこ》のように寂しい老人たちは、子爵にとって二十代の青年よりも身近な親しいものである筈だった。二十歳と七十歳と子爵はどちらへ近かったか、それは問いかえしてみるまでもないことだ。

――子爵はやさしく健康を祈って老男爵と別れた。もう待たずに帰るつもりだった。外套《がいとう》置場で帽子をうけとっていると、階段をざわめきの下りて来る気配がした。それは笑い声と絨毯《じゅうたん》を踏むかすかな草履の音とであった。折よく会が退《ひ》けたのである。先に立って階段を下りだした藤村夫人は、外套置場に凭《もた》れている思いがけない良人《おっと》の姿を見たのだった。子爵が華族会館へ来るなんて滅多にないことと言わねばならぬ。時もあろうに、旅の疲れも癒《い》やさずに来るほどのどんな急用があったのだろう。こう考えた時、俄《にわ》かに夫人の顔に苦々しい翳《かげ》が昇って来た。『良人は家にかえり私の出先を聞きそれを疑ってわざわざ来たのにちがいない。山内さんのことで私を疑っているのだ』——しかし、こうも逸早《いちはや》く夫人の聯想《れんそう》が山内氏へと走ったのを、単なる偶然の作用に帰することができたかどうか。

夫人はにこりともせずに良人に会釈《えしやく》した。そしてこれ以上そっけなくは出来まいと思われる護衛の警官のような無表情で良人の傍に立っていた。下りて来た多くの夫人のなかで藤村氏を知っている人たちは、次々と挨拶《あいさつ》しながら、人が変ったように無愛想になった藤村夫人の顔を好奇の流し目で見てとおった。『この夫妻の間には何かいざこざが起ったに相違ない』誰しもそう思ってそれを打消すように騒々しく挨拶しては出てゆくので、あとに残った沈黙の重苦しさは、本当にそんないざこざが生れたかのように子爵をして錯覚させた程であった。

彼には妻の不機嫌の理由が解《げ》せなかった。大方女同士の感情のもつれであろうと、慰め顔にやさしくする子爵が、夫人の目にはますます狡《ずる》く見えたにしても、この場合致方《いたしかた》がなかった。しかし押し黙った帰りの車の中で、ようやく子爵にも苦々しい色が泛《うか》んだのである。こうした夫妻の露《あら》わな敵意は、二十年あまり溯《さかのぼ》るあの好ましからぬ思い出のほかに比べるものとてないような気がした。

おのずと山内男爵につながるその不快な思い出から、いつしか妻への敵意を男爵の上にも移そうとしている自分を子爵は見出《みい》だした。人を憎みはじめること、それは子爵があの安全な傲慢《ごうまん》さから危険な謙虚へと移りつつあることを意味していた。

かかる間《あいだ》に、明秀は山内家の清子の寝室へ通されていた。それは若葉の反映で水底《みなそこ》のような光りが漂うている二階の一室だった。清子は枕に身を凭《もた》せて寝台の上にすわっていた。

ゆくりなくも、明秀と松下家を訪れてかえった夜手を握られた思い出ばかりが、目の前をうるさく飛ぶ蛾《が》のように清子の前にちらついた。それに気をとられていると、明秀のいることも忘れてわが身が空《むな》しくなりそうだった。彼女は今更あれについて、――あの日以来おだまきのように思いあぐね誰にも頼るまいとようやく決心した今日という日に――、冗々《くどくど》と詫《わ》びられるのが怖《こわ》かった。しかもそれほど怖《おそ》れていながら無理にもこの部屋へ明秀を通した自分が不可解だった。

明秀は羞《はず》かしそうに身をすくめている清子の顔を見るより早く、何故この人に別れに来たのかその意味さえ覚束《おぼつか》なくなった。美子を訪れようとした代りに清子を訪れた気持の裏には、山内家へゆくと清子ではなしに美子が彼を待っているという無稽《むけい》なお伽断《とぎばなし》が希《ねが》われていて、それの叶《かな》えられなかった子供らしい憤《いきどお》りが、こうもこの場に居《い》辛《づら》くさせるのだろうか。昨夜のような己れを鞭《むち》打つ力はどこかへ消えてなくなった。又もや彼は責任のがれを企てはじめるのだ。それだけ言えば責任が終る誠意のない口《こう》上《じょう》を、明秀はのっけから切り出そうと焦《あせ》った。彼は結論だけしか与えない無責任な著者のように振舞いたかった。彼は読本を読むような一本調子でいうのであった。

「この間、君に失礼なことをして御免なさい」

ところが清子の耳には、それは羞らいを隠すためのぶっきらぼうな物言いとひびいた。当然なしかも一番怖れているこの詫び事をはやく雷がすぎるようにとはらはらして待っていた清子とて、この呆気《あつけ》ない詫びの入れ方は先ぶれの稲妻ぐらいにしか思えなかった。彼女は殆ど身を乗り出すようにして次の言葉を待ち構えた。——しかるに明秀はそれなりに口をつぐんで、若葉の窓の異様な明るさを見戍《みまも》っているばかりだった。

今に何か言いはすまいか、この間手を握られた時意外さのあまりあんなにすばやく立上ってしまわなかったなら言いつづけたであろうことを今日こそ明秀は言い出しはすまいか、それを怖れる清子の容子は、明秀には、彼女が明秀にいたわられ優しい言葉をかけられたいと半ば怖れながら待ちこがれているようにみえた。軽く別れを暗示しようにも、その隙《すき》さえみせぬ清子の初々《ういうい》しさが、彼に嫉妬《しっと》を感じさせた。苟《かりそ》めにも人を待つ身になっている人々への嫉妬を。——清子への。それから清子の目に彼女を愛する男として映っているもう一人の明秀への。

清子はこれ以上待っていることが怖さに、嘗《かつ》てこれほど心にもない言葉を言ったことがないと思われる返辞によって、明秀を促さずにはいられなかった。

「そんなこと。……あたくしの方が失礼だったと思っていますのに」——しかしあまりに心にもない返辞だと我ながら思われたので、彼女は明秀への済まなさを無意識の裡《うち》に誇張していた。

皮肉にもそれが却《かえ》って、偽物《にせもの》であれ振幅の大きい感情の他《ほか》は受けつけなくなっている明秀の心を搏《う》った。羊のように柔らかに動く清子の白い咽喉《のど》仏をぬすみ見ながら、彼はふとこの少女に憐憫《れんびん》を感じた。衒気《げんき》も手伝って、今はやさしい印象だけを彼女のために残してゆこうと決心した。

窓からはかすかに風がはいって来た。「身体《からだ》にさわりはしませんか」——明秀はそう言って窓を閉めに立上《し》った。彼は窓を閉ざし、緑の木叢《こむら》のはるか下方を市内電車がみえかくれしながら一心に走っているのを見た。それは彼の死後も思い出のように彼方に明るみ、生きて見たのと寸分かわらずに死者の目にも映る風景だと思われた。だからその静かな風景は、思い出と丁度うらはらの意味で、彼の心を誘ったのである。

いつまでも明秀が窓の外を見詰めているので清子は不安にかられた。窓外の若葉の強い匂いがふいに堰《せ》き止められたせいであろうか。彼女は谺《こだま》を待つような無邪気さで、当《あて》もなく、

「何を見ていらっしゃるの」ときいた。

「電車を見ているんです」

「まあ」――彼女は軽率にも、救われたような気持で笑うのであった。事実彼女は救われたのだ。愛の告白を怖れていたところへ、「電車を見ているんです」という無邪気な告白を聞いたのだもの。

しかしこの姉のような笑い声は明秀を腹立たしくさせた。その決心を清子の前にのこらず隠しておきながら、自分の死の決心への侮辱のようにそれを感じる我儘《わがまま》な心のうごきだった。彼は或る女の人を好きだということを懸命に隠しつつその人の悪口を言われると忽《たちま》ち怒り出すあの子供のようであった。こうした不機嫌《きげん》が別れのぎごちなさを救ってくれるように思われた。

「それじゃお大事に……」彼は彼女を見ないようにして急いで言った。しかし心なしか語尾が震えた。「僕はもう失礼します」

「いいじゃございませんの。どうなさったの……」彼女が身を起そうとした時だった。

扉がノックされた。召使が紅茶を持って這入《はい》って来た。二人は意地悪そうな目附をお互いの上に投げずにその召使の上へ集めた。若い婢《はしため》はおどおどして部屋を出て行った。二人は黙って紅茶を啜《すす》った。その滑《なめ》らかな熱さが咽喉《のど》をとおる感覚を明秀はふしぎな思いで感じていた。こうした感覚も今夜は失われるのではないか。彼は清子を見た。さまざまな脈絡のない欲望が彼に囁《ささや》いた。そのどれもが叶えられる惧《おそ》れのない強靭《きようじん》な潔《きよ》らかさ美しさで澄み切っていた。——明秀は紅茶茶碗《ぢやわん》をおくと向うの棚の置時計に目をとめた。

「おやもう四時——」

「あらあれはきのうから止っているのよ」彼は自分の腕時計を見た。

「なんだまだ二時になりませんね」

今度は清子は引止めなかった。明秀が時計を見る目附の鋭さに何故ともしれずはっとすると、彼女は急に着物の下に自分の裸かを感じた。今更ながら明秀を女の寝室へ入れたりしたことがいかに気違いじみているかがわかって来た。

それにしても、明秀に手を握られた日の、説明のつかない彼女自身の大胆さが、今更神秘なものに思い返されて来るではないか。あの日、彼女は自分が巫女《みこ》のようであったと思う。何か偉《おお》い《い》なる力に誘われて明秀に出会い明秀の中にまごうかたない或る種の黙契をみとめたように思う。父母にも女友達にも打明けがたい心の痛みを、この人になら打明けられると、最初の一瞥《べつ》で確信したのだ。明秀は誤解してお先走りに手を握ったりしたけれども、自分以外に頼るまいと決心した日にこうしてまた明秀と会っていると、やはり自分が秘めている考えと明秀とが無縁でないと思われてならないのだ。

だが今日の明秀の、このへんな容子はどうしたというのだろう。彼は紅茶茶碗を下に置きじっと自分の爪《つめ》をみつめていた。それから清子を遠いところから見つめるような目附で見て、唐突に、

「君は今年いくつなの？」

「十九」――この奇矯《ききよう》な問いかけにふしぎと愕《おどろ》かされず、清子は魔法にかかったように素直に答えた。

「そう」何をきいたかわすれたように彼は立上って、そしてもう一度置時計を見て、

「ああ、あれは止っていたんですね。……じゃ、今日はかえりましょう。――お大事に」

二人はこの瞬間を後になっていくたびか思い出し、強いられたような快活さで声を立てて笑うのだった。あのまま明秀が家にかえり予定どおりに自殺していたら何らか

の意味をもったであろう一場面だけに、それは人間の行為を支配する神の力のなかにも、意外に道化じみた無駄の美しさがあることの証拠なのだった。

なぜならその時清子は、半ば目をつぶって、人が自己に内在しながら自己《こ》を超えてゆくものを意識するときの、あのいたましい陶酔に心をゆすぶられて、（そうだ、彼女も亦《また》、無意志の行為を一つ一つなぞってゆく意識の追究をうけていたのだから）きわめて意識的にはっきりと明秀の後姿に呼びかけていたからである。

「さようなら、もうお目にかかりませんわ。あたくし明日の朝には、もう生きてあなたにお目にかかることはございませんの」

明秀は啓示をうけた人のように、ぼんやり口をあけてこの言葉をきいていた。『清子はとうとう僕の死の企図を見抜いた』彼はこの言葉をこのようにしか解釈することができなかったからだ。人間の想像力の展開には永い時間を要するもので、咄嗟《とっさ》の場合には、人は想像力の貧しさに苦しむものだった。直感というものは人との交渉によってしか養われぬものだった。それは本来想像力とは無縁のものだった。

明秀はこの瞬間、莫迦《ばか》げたことに、結婚するまで内密にしておいて、披露《ひろう》のときの効果を大きくしようとたくらんでいた十分有望な恋愛が披露前に世間へ洩《も》れてしまった時のような、得意と残念さの交々《こもごも》まじった軽薄な感動しか感じなかった。これは彼が死に対してもっている浅墓な考えを示すものであった。それだけ死の意味に親炙《しんしゃ》している証拠であった。

彼はがさつな無雑作な足取で清子の傍《かたわ》らへ戻って行った。そして上着のポケットに両手をつっこんでベッドの上の彼女をほとんど傲然《ごうぜん》と見下ろした。

「僕の自殺なんか見て見ぬふりをしていて下さい。あなたは永生きしてうんざりするほどの幸福に出会うように生れついた人ですよ。他人の自殺のことなんか、しらん顔をしていたほうが、あなたらしいと思いますがね」

彼は当り前のことを当り前の調子で言っているつもりだった。しかも彼が、清子が何故彼の自殺の企図を見抜いたかという不合理をもそのままにして、丁度初心《うぶ》な泥棒が問わず語りに犯行を自白してしまうように、こんな風に言ってしまったのは不可解である。つまり彼には死の影響で、超自然の前提があったのである。その前提に従うことが世間の常識であるように錯覚され、しかも、平俗な常識に従うことに喜びを感じる自殺者の一面の心理が之《これ》に与《あずか》って、われしらずこんな平俗な見えすいた物言いをしていたのである。

「いやな方、何を仰言《おっしゃ》るのかさっぱりわかりませんわ」

清子が急に歔欷《きょき》しはじめたと思ったのはまちがいだった。彼女はうつむいて、扇をぱらりとひらいたように垂れた髪のかげで、笑いをこらえて苦しがっているのだった。

「誰もあなたに一緒に死んでくれなんて申し上げてはおりませんわ。自殺するのはわたくしなのよ」

彼女は莫迦らしかった。この結論を言ってしまえば、明秀に細かいいきさつを聞いてもらうことなど、児戯《じぎ》に類することだった。

「何を言うんです。自殺するのは僕ですよ」

「いつか私たちはそんなことをお約束したことがあったかしら」

「一緒に死ぬということをですか」

この瞬間、清子を捨て彼女の死の決心を促した佐伯という酷薄な青年と相似の位置で美子という女が明秀の死の決心を促していたことを清子はまだ知らなかったにしても、二人の死の企図の告げあいは愛の告白宛《さなが》らの歓《よろこ》びを彼女に齎《もたら》すのだった。彼女は歓喜に溢《あふ》れて答えた。

「そうですわ。私たちは出会いました。私たちは前世からその約束をしていたのですわ。

今日はなればなれに死ぬことはもう意味のないことになりました。(ああ！　私を思うさま苦しめ思うさま喜ばせた佐伯という男を、いつか貴下《あなた》はわたくしがあわてて伏せたアルバムの一頁に御覧になった筈《はず》です。私は生きているうちはあの人を愛することを止《や》めることはできません。この愛の貴重さがはっきりとわかるだけに、私はもう、生きていることの夥《おびただ》しい浪費に耐えられなくなりました。死ということは生の浪費ではありませんわね。死は倹《つま》しいものです。私は佐伯のために意地悪で吝《けち》ん坊な金持の叔母のような存在になりたいのです。死という手段にまで依った私の愛の吝嗇《りんしょく》が彼を破滅させる日を待って死ぬのです。）今では一刻を争って死へ急ぐ必要もなくなりました。花が散り果実が熟《う》れて落ちるように、私たちも季節の命ずるままに死へ歩み入る時が来るのでしょう。誰にもまして私達は幻影の真の価値を知っています。世間の人たちは、私達に、幸福な初恋人、幸福のあまり共に死んだとしか思われない恋人同士の幻影を見出だすでしょう。しかしこの誤った幻影も、私達の懐《いだ》く幻影同様に空しく、それ故《ゆえ》に久遠《くおん》であり、究極に於《おい》て私達のそれと一つ物であるとはいえないでしょうか」

第四章　周到な共謀（上）

われらが心は二つの大きな炬火《きよか》となり、その二倍の光りを二人の心の中――一対《つい》の鏡の中に反射させよう。

――ボオドレエル「恋人同士の死」

帰宅した明秀は、父が帰っていると聞いて書斎へ行った。子爵《ししやく》は息子に椅子《いす》をすすめた。そして黙ったまま息子をちらちら見た。

「お前は山内君のお嬢さんをどう思っている」――大して明秀の返辞に重きを置かぬ風に、すぐつづけて、「私が口を出すには及ぶまいが、なるべく後《あと》に問題の残らぬようにした方がよいと思う。将来お前の結婚問題が起きる時の為《ため》にもだ」

これだけ言うと子爵の容子《ようす》は目に見えて楽《らく》になりだした。明秀には、朧《おぼ》ろげながら、母との間に何かあったにちがいない、と感じられた。彼と清子の結婚を暗に封じてしまったこの言葉には、却《かえ》って山内氏への悪い感じはなかった。

子爵は言って了《しま》うとその事が一向自分の本心ではなかったような気がした。或る事が自分の本心であるためには、まず自分から催眠術にかかってしまう必要があるらしい。彼は気軽に、長良川《ながら》の旅へ話を移してしまった。

明秀が不審に思ったのも理《ことわり》だった。許しを得てすぐ母は原田家を訪れた。その頃迄《まで》の家庭について聴かずにそれを許した。美子嬢との結婚については、父はろくに事情もての無関心に比べると、先日野副《のぞえ》先生のところへ行く明秀をめずらしく途中まで同道したりするようになった父の変化は、明らかに愛の兆《きざし》を示すものである筈《はず》だが、それが却って明秀を困らせるようなこうした警告を導いて来るとは。……

山内夫人も藤村家を訪ねて来ることがあった。盛りをすぎた藤棚をかなたに見る夫人の居間で、話は殆《ほとん》ど歌道のことだった。藤村夫人のために短冊《たんざく》を書き終るとまた山内夫人が、

「あなた才能がおありになるわ。本当にお作り遊ばせよ。榊《さかき》先生に御紹介いたしますわ」

藤村夫人は家庭の話題へのがれようと、

「清子さんは近頃お変りいらっしゃいませんの？」

「大へん元気になりましたの。明秀さんがお友達になって下さったお蔭《かげ》ですわ」

「まああの人に何が出来ますことか」

彼女は息子の中にも、他の女をして憂《う》さや苦しみを忘れさせる非凡な力（よしそれが悪徳を伴うとしても）の具《そな》わっているのが得意なのだ。――しかし既にこれは母親らしい心の動き方ではなかった。こうした危険の萌芽《ほうが》を読者は明秀が神戸からかえって来た時の夫人の上に見た筈だ。彼女は美子嬢の事件以来何事も母親に打明けることがなくなった明秀を、積むべき経験を積んで成人した一人の大人《おとな》として眺《なが》めるようになっていた。母の務めが終ったものと彼女は悟る時が多かった。このような一人合点《がてん》が、母親だけが探しあてることのできる痛ましい傷を、看過させてしまうのだ。彼女は息子が自分から独立してゆくのだと思っていた。実は彼女が息子から独立したのかもしれないのに。――山内氏の微妙な影響に援《たす》けられて。

かようにして藤村家では子爵と夫人の役割が少しずつ入れ替りつつあった。心なしか子爵が家にいて暮す日は前より多くなったように思われた。家畜のように敏感な召使たちは自分たちの住んでいる環境がどの方向へ流れてゆくかを体《からだ》全体で感じようとしていた。これらが挙《こぞ》って藤村家の空気に異様な物々しさを与えた。

明秀は研究室へ通いはじめた。依然として彼の書棚は冷やかな排列で彼の書斎を見《み》戍《まも》っていた。夜の読書に窓をあける季節になったので、網戸の隙《ひま》からまぎれ込んだ蛾《が》の屍《しかばね》が、時々捺金《なつきん》の書物の蔭に見出だされた。このあたりにはいつも変らず、澱《よど》んだ川水が立てるそれのような、暗い書物の匂《にお》いが立ち迷うていた。

大して豊かであるとはいえないこれらの書棚に一瞥《べつ》を投げよう。その上には夥《おびただ》しい文庫本の列が見られる。多くは高等科時代に購《あがな》い求めたもので、格別の選択の跡は認められない。国文学が比較的多いのは彼の選んだ道が必ずしも気紛れでないことを示すものなのか。そして有島武郎《たけお》が数冊。

書棚の上段はM伯爵家の文庫の複製本で占められている。その下段は群書類従で。――それは日外《いつぞや》の整理のままに、細引をかけられている。

片隅《かたすみ》に巣林子《そうりんし》の古い全集が見られる。明治風の革装で可成《かなり》読み古した跡がみえる。

次の書棚の上二段は国文学関係の研究書や評伝で詳しく述べるには及ばない。その下にはあらゆる種類が雑然と蒐《あつ》められている。彼は哲学的思索は好まぬ質《たち》とみえて、わずかにショウペンハウエルとキエルケゴールの訳書を数えるのみだ。両者をどうつきまぜて読んでいるのだろうか。更に下段には欧米漫遊記や雑駁《ざつぱく》な旅行随筆や集印帖《ちよう》の類が埃《ほこり》にまみれていた。凡《すべ》てを通じて洋書は少なかった。殊《こと》に専門外の書物には友人に奨《すす》められ、又は友人を真似《まね》て、秩序なく買いあつめた様子がありありとみえる。——別の硝子《ガラス》戸棚に藤村家伝来の古文書が蔵されていた。

序《つい》でに壁の面へ目を移してゆこう。祖父が晩年に買い求め何にもまして愛したシャヴァンヌの額が燻《くす》んでいる。その下に祖父の小さな風景画がある。稚拙ではあるがK画伯の助力の下に成った好もしい作品である。——それと反対の壁に、英国人の筆に成る中年の祖父の肖像が懸《か》けられ、穏やかな瞳《ひとみ》は気まり悪げにやや自分の作品から外《そ》らされている。いつでもそれを見たい気持が起きたら、ほんの少し瞳をめぐらせば足りるのだ。祖父の傍らには八字髭《ひげ》を生やしサーベルを突いて椅子《いす》に掛けた軍人時代の若い父の写真があった。——やや派手な繻子《しゅす》の寝台掛を除いては、装飾らしい装飾はこれらの他にない。

明秀の机は乱雑でもあり片附いているようでもあった。無雑作に重ねられた古写本の上にパイプが載っている。封を切った手紙が木の生皮のように白々と横《よこ》わっていた。またその机の上には、奇妙に渋滞した感じがあった。いろんな角度におかれた読みさしの書物が、それぞれの鋭角の加減で苛立《いらだ》たしい緊張を示し合っていた。窓からはこれらの上へ過度に透明な光線が投げられてきた。そしてこれらに銅板画のような克明な感じを齎《もたら》すのだった。

部屋の模様を作者はわざと微細な点に立入らないで述べた。それほどこの部屋には、青年が喜ぶ筈の「趣味」なるものが欠如している。この部屋の主《あるじ》は、部屋に対して何物も与えようとしない。一見簡素にみえて、その実荒涼としているのだ。それは証拠を残すまいとする犯罪者の部屋に似ている。

明秀が勉強も運動も趣味も等閑《なおざり》にするからとて、怠け者と呼ぶことが出来ようか。彼はあのような異常な恋のためにのみ生れた人間ではあるまいか。彼の生活には季節が欠けているのに絶えざる光線と温度の変化は抽象的に訪れる。彼の幻影がかくまで部屋を荒涼たるものにしてしまうのだ。

これは恰《あた》かも白蟻《しろあり》に蝕《むし》ばまれ尽くした部屋のようだ。目に見えぬあたりで幻影の亡霊がしずかに木屑《きくず》を噛《か》みつづけている。明秀はそうして無個性の、自らの無力と無為を恃《たの》むところの、ふしぎな一個性——一の象徴的人物に変化するのだ。彼の生活の関心はあの「趣味」という安全弁も持たない。過剰な無為と、過剰な欲求とが入りまじるのだ。彼の如《ご》き個性にあっては、いかなる悲劇も日常茶飯《さはんじ》事を出ぬのである。

明秀は気軽な気持で研究室に通いはじめた。藤村家は江戸時代諸大名に息女を嫁《とつ》がせ公家《くげ》には稀《まれ》な裕福な暮しをして来た。明秀の曾祖父《そうそふ》が維新後東京近郊に莫大《ばくだい》な土地を買った。しまりやには浪費家の息子が、浪費家にはしまりやの息子が出来るのは家系の健全な証拠である。美術蒐集《しゅうしゅう》に憂身《うきみ》をやつした祖父の死に当って、甚《はなは》だ現実的な息子——即《すなわ》ち明秀の父——が、寄附の遺言の下に全コレクションの巧妙な処分に成功した。明秀には生活に関する配慮は要《い》らなかった。子爵は彼が、二、三年自由に勉強するなり遊ぶなりして、結婚後しかるべき学校に教鞭《きょうべん》をとるがよかろうと考えていたので、彼の研究室通いが途絶えても一向意に介さなかったのである。

研究室へはよく新倉が訪ねて来た。明秀の方からもよく訪ねてゆくことがあった。するとと大抵彼は細字の原書へ眼鏡を近づけて、何か大声で友達と議論しているところだった。

明秀は大学の帰途、足繁《しげ》く山内家を訪れた。もし清子が居ない時は山内夫人が出て来て応待《おうたい》した。

「亡《な》くなりました宗良《むねなが》に、あなた本当によく似ておいでになりますこと」

夫人のこの言葉は時あって明秀を冷やりとさせた。子を失った母の酷薄さが、ともすれば明秀の運命を息子のそれになぞらえたがっているのではないか、と。しかし夫人の奥にはやさしい母親の心根だけが生き長らえていた。彼女は失った息子の代償を、早くも明秀の上にえがきはじめているのであった。

——ある日こうして山内家をたずね、常の如く明秀は清子と尽きぬ話をした。夕刻明秀が帰ろうとすると、散歩がてらそこまで送ってゆくと清子が言った。

山内家の近くにはまだ処々《ところどころ》赤松の小さな林や露《あら》わな崖《がけ》などが残っていた。崖下の人通りの少ない電車通りを市内電車が、時折、あたりの打沈んだ町並の空気を揺がして通った。街のかなたに夕日が沈もうとしていた。二人はそれを見て崖の上に立止った。

町の屋根々々は濁った洋紅色に濡《ぬ》れていた。夕日が思わぬところまでその烈《はげ》しい赤光を滴《したた》らせて来るのであった。軒並は切抜いたような影を街路へ落していた。今ここに極めて非道な儀式が行われていると明秀は感じた。凍るような謐《しず》けさのなかの貪婪《どんらん》な意志が、あの没日《いりひ》から耀《かが》やき出ている。彼は自分が去った後に何物かを残しておくのを吝《お》しむのだ。彼は劫掠者《ごうりゃくしゃ》に似ている。彼はあのメドウサの髪のような光芒《こうぼう》をふりかざし、奪えるだけのものを奪い取り、持ち去ろうとしている。万象は怖《おそ》れおののいて、仮借ない劫掠者の前にひれふす。倨傲《きょごう》な、そして毒の美しさと気高さにかがやく彼の手によって、自分等のなかから何物かが容赦なく奪われてゆくことに、緊張の果ての恍惚《こうこつ》を感じている。——忽《たちま》ちにしてそれらは夜の中へ溺《おぼ》れてゆくのだ。

明秀はあたりの静けさに戦慄《せんりつ》した。遠くひびいてくる電車の音がその静けさを徐々《のろのろ》とほぐすのだった。夕日は褪《あ》せはじめた。つややかに遠近《おちこち》の燈火がともされ出した。清子も彼の傍らで明秀の無言へ気持よく吸い込まれて立っていた。あの暗示作用が清子にも明秀と同じことを考えさせていたにちがいない。暮色の兆《きざし》が彼女を目覚めさせたかのように、清子はふと振返った。すると彼女は声高に弟の名を呼んだ。行きかけた宗久が眩《まぶ》しそうな微笑のまま振向いた。馬場のかえりとみえ、埃《ほこり》に曇った長靴を穿《は》き鞭《むち》を手にしていた。

「こっちの道からおかえりになったの？」

「うん」――そう姉へ生返事をしながら彼は明秀に敬意のこもった挨拶《あいさつ》をした。

宗久は明秀を、姉の愛の故《ゆえ》に尊敬しているのであった。人をして自分を愛させる能力とはどういうものだろう。この年頃として宗久には恋愛が漠たる衝動を過ぎた一つの固着観念になっていたのだ。馬の倶楽部《クラブ》で彼が私《ひそ》かに思っていた年上の美しい人は最近結婚して姿を見せなくなった。こちらの予感なのか、その人自身の変化なのか、結婚間近の美しさといったらまともに見ることが憚《はばか》られる程だった。――彼は以前、姉のところへ遊びにくる友達の一人を好もしく思っていたことがあった。しかし手紙を出す勇気さえなかったのだ。――学校の友人は、その吹聴《ふいちょう》に多少の誇張があるとしても、皆恋人を持っているように思われた。どういう端緒で恋がはじめられるのであろうか。それが単なるめぐり合わせの作用ならば、自分にもまわって来ない筈はない。――彼は明秀にほとほと感心せずにはいられなかった。薬も受けつけぬ程に気鬱《きうつ》であった姉を忽ち癒《い》やしてしまったそのふしぎな能力。姉は日に日に明るく、家人に親切になった。姉は宗久にとって前よりも姉らしくなったのだった。愛する者はそれぞれの愛の使い途《みち》をこうも聡明《そうめい》に弁《わきま》えるようになるのであろうか。

宗久の眩しそうな眼附が、清子と明秀をして恋人同士としか見えない容子をしらずしらず装《よそお》わせた。それは習慣に庶幾《ちか》かった。しかし果して装いであったろうか？　二人には次第に、二人だけでいる時の自分達と人前《ひとまえ》の自分達とが別の人物のような気がして来るのだ。もし装ってするものなら、装いそこねる事もあるだろう。ところが人の前へ出ると些《いささ》かの努力もなしに二人は正《まさ》しく恋人同士であるのだった。時には相手の心の中へ共に移り住んで、相思の仲としての二人の姿を疑いなく眺めやることさえできた。そしてこういう自在な力は、これを見る人にも神秘な浄福を伝えるのであったろう。

宗久は姉と明秀の愛がこの上もない潔《きよ》らかなものであり、それに比べると自分の抱《いだ》いている固着観念は劣った低いものだと直感していた。尚更《なおさら》彼は明秀に口をきかなくなっていた。

明秀と別れて清子と宗久は門の方へ歩き出した。宗久は今それを言わないと後で悔まれるような気がしたので思い切って、

「考えてみると僕の生活は単調だなあ。何のために生きているのかわかりはしないや」

清子にはすぐ宗久が何を言おうとしているのかがわかった。

「何のために生きているかわからないから生きていられるんだわ」――彼女は寧《むし》ろこう言いたかったのだ。『私と藤村さんとは何のために生きているかはっきり知ってしまったから死ぬのだが、もしかしたらそれが現在の刻々を一番よく生きている生き方かもしれない』と。

宗久が姉の口から出た警句を耳にしたのはこれがはじめてだった。しかも月並な警句にすぎなかった。彼は落胆した。姉からこんな言葉を聴く筈ではなかった。――ふと彼は薄暮のなかで姉の口もとに見なれない皮肉な微笑がちらつくのを見た。

「吉野さんがいつか貴方《あなた》のことを、宗久さんていい方ねって言っていらしたことよ」

――彼がとうとう手紙を出す勇気をもてなかったその人の言葉を、姉を通じて聞いたことが、彼の頬を赤くする前に、思いがけなく彼に兇暴《きょうぼう》な表情を浮べさせた。不可解な子供らしい歓《よろこ》びによって自負が傷つけられようとするのがこわいのだ。彼は返事もせずにうつむいて歩いた。耳のほてりを腹立たしく感じながら。

——門の前まで来ると、裏手で犬が呼びかけるように吠《ほ》えだした。青葉の香りが闇を息苦しいものにしていた。

長靴を脱ぎあぐねている弟を見ているうちに清子はまた新たな寂しさを作るのであった。彼をふとからかいたくなった気持には空《むな》しさの戯《たわむ》れがあった。死が自分を荒《すさ》ませているのか？　明秀と別れたあとの心のうつろにつけ入って。

山内夫人は食堂で二人を待っていた。夫人は別に遅くなった理由を質《ただ》そうとしなかった。そして呑気《のんき》に卓上の伊勢蝦《いせえび》の話をした。母のおかげで心がほぐれた宗久は、今更頬を染めるのであった。姉を意地悪くさせたのも、自分の最初の言葉が、姉の謐《しず》かな愛を擾《かきみだ》したからではないかと、彼はすまなく思いはじめた。

かくもしげしげと会いつつ清子と明秀が語り合った事柄は何であったか。真面目と不真面目、有用と徒爾《とじ》、それらが同価値なものとして同じように貴ばれ同じようにさりげなく語られた。明秀は神戸への旅を、宿の窓下で行われた不吉な事件を、港の啓示を、つぶさに清子に話してきかせた。今思いかえすとあの旅は死の予行演習のようだった。現実には見なかった轢《れき》死《し》者の顔、その折醜くも怖ろしいものと描かれた死人の顔を明秀は思い出して語ろうとした。ところがいつのまにかその糜爛《びらん》した面《おも》ざしは、巧妙な修正と彫金の技術を経て、あの陰翳《いんえい》に鏤《え》り出された複雑さと厚みを持った緋《ひ》の薔薇《ばら》の面ざしに変っていた。

今や死は彼等の味方についたのだった。時には死は彼等の傍らにいつも侍《はんべ》る、恃《たの》むに足る忠実な召使とさえみえたのだ。

ある日明秀は戯れに、先達《せんだつ》てもとめた眠り薬を清子にみせた。清子は無雑作にそれを手にとってみた。毒薬とみると怖々《こわごわ》手をひっこめ、或いはおそるおそるつまんでみるような子供らしさは、彼等から既に遠かった。それは貧乏人が宝石に対して抱《いだ》く畏怖《ふ》と馴染《なじみ》のなさに等しいであろう。——彼等は本物のダイヤを化粧鏡の前にころがしておく富豪らしい無関心をわがものにしていたのだ。

明秀は清子が無邪気に玩具《おもちゃ》にしている眠り薬をみながら考えた。これは毒ではない、ただの眠り薬だ。しかし一寸《ちょっと》量を過ごすと死なして了《しま》う。これを飲む人はそれを何よりも怖れて飲む。何という吝嗇《りんしょく》であろう。生を度を過ごして酷使して憚《はばか》らない彼等の、死を操《あやつ》る態度の真剣さ慎重さは笑止でもあり気の毒でもある。彼等はいうであろう。生は俺の持馬《もちうま》だから操り方はよく心得ている。どれ位い無理が利《き》くかも御承知だ。しかし何しろ死は馴《な》れない悍馬《かんば》だもの！——かくて彼等は先入主に対して忠実だが、実際のところ、彼等の持馬は果して生だろうか。彼等が眼隠しされて乗り廻して来た馬は或いは死であるかもしれぬではないか。清子は片頬にしずかな笑靨《えくぼ》をうかべて明秀に薬を返した。それから自分の一番下の抽出の奥から美しい錦《にしき》に包んだものを取出した。

「家に伝わっている刀なの、清子これを使うつもりだったの」——明秀は錦を解き、山内家の金の紋章を見た。女が用いる華奢《きやしや》なきらびやかな短刀だった。彼は刀身を抜いてみた。あたりの空気が色を失って冴《さ》えた。

ふと目をあげて明秀が見たのは、柔らかに白い清子の咽喉元《のどもと》だ。さすがに明秀も胸のおののきを止めえなかった。清子に別れに来たあの日、彼はそれを美しと見たではないか。解けない算術を彼は繰り返した。その白い咽喉＋銀の短刀。それが＝血潮《ちしお》と死、という風にどうしてなろうか。白と銀とからいかにして赤が生れえよう。彼女はこの算術を誤ったのではなかろうか。

勝気な眉をあげて清子は明秀の愕《おどろ》いた様子をにこやかに眺めていた。彼女は殉教者のように矜《ほこ》り高くみえた。彼女のなかには明秀が今まで知らずにいたもう一つの建築が聳《そび》えだした。夕日の地平線にけだかい伽藍《がらん》が立ち現われて来るように。

清子をしてこのような優雅な兇器を自分の咽喉へあてがおうとさせた殆《ほとん》ど原始的な諸力こそ明秀が冀《こいねが》い待ち希《のぞ》んでいたものではなかったか。その力を何の気なしにすらすらと己《おの》が身に宿している清子その人が、彼には嫉《ねた》ましくさえ思われた。所詮《しよせん》清子は女なのだ。何気なく何物かを宿し、その宿したものに対して忠実なのは女だ。彼女の矜《ほこ》りの表情は彼女の知らないところに由来している。――明秀が清子の前に跪《ひざまず》きたく思ったのも、こうした思考の何らかの証跡を自分に与えたかったからなのだ。

会う度毎《たびごと》に二人は飽かず語り合った。事細かな死の計画については話し合う必要もなかった。それは召使である死の手に任すがよかろう。彼等は主人の嗜好《しこう》と性癖を弁《わきま》えている。彼等はまた長い手で精密に時間を測る。主人自身には気附かれぬようにスケジュールを運んでゆくのが彼等の手腕だ。

二人の話柄《わへい》は二人がかくも愛している人の物語へ自《おの》ずと移った。羞《はじ》らいもなく妬《ねた》みもなく二人はこの奇《く》しき愛の来歴と忘れがたい面影とについて繰り返し語った。話しながら二人の目には言いがたい涙が点ぜられた。忽ち明秀の目には清子が、清子の目からは明秀が消えるのだった。彼らは誰憚《はばか》らず各々の心に任せて咽《むせ》び泣いた。

その果てに清子と明秀は涙にかがやく顔を見交《みか》わしたのだ。すると形と影のように二人の頬には神秘な歓びに憑《つ》かれた人の微笑が、時を同じゅうして上げ潮のように歩みのぼった。互いが互いの微笑の彼方に不可見の広野を見出《みい》だすのであった。――二人はお互いのなかにお互いが在ると素直に感じた。人前での恋仲の装いも、そういう二人とは別箇の人物のようにみえながら、実は等しい過程を辿《たど》って導き出されたものではなかったのか。

清子は佐伯氏に一月以来、美子嬢に明秀は二月以来、一度も会っていなかった。いつまで彼等の幻がありし日の姿を保ちえようか？　二人ながらもはや彼等に逢《あ》いたいとは思わなかった。彼等の幻影は最後の逢瀬《おうせ》以前に十分巧まれ築かれる時間を持った。残酷な長い時間。世界のどんな事業もその間にはなされて了《しま》いそうに思えるほど長い時間。――幻影は十分に練られ推敲《すいこう》された。最後のあのいたましい衝撃がその完成の合図であった筈《はず》だ。――しかし切に愛する人と別れてから清子と明秀には別の更に困難な事業が課せられたように思われる。二人は今度は幻影を育てねばならなかった。

明秀は心の中にかくも艶《あで》やかに育ちつつある幻影をまともに見ながら、清子に語り伝えようとすると言葉を失くした。清子は彼の拙《つた》ない粗描を彼女のなかの輝やかしい佐伯氏と比べてみた。美子嬢はよほど醜いひとだだと思われた。しかるに彼女が佐伯氏の影像を明秀に伝えようと試みると、明秀と同じ歯がゆさを味わねばならなかった。

二人はこのような愚かな探り合いからすぐ脱け出すことができた。言葉に頼ったのがまちがいのもとであった。彼等はお互いの超自然な力を閑却したのだ。彼等は黙示の裡《うち》にそれぞれの影像を相手の心へ伝える訓練をした。そして次第に二体の幻影は二人の共有物となりつつあった。

清子と明秀とが一つ部屋にいる時、清子は佐伯氏と、明秀は美子嬢と、向い合っているような幻覚を屢々《しばしば》おこした。時にはまた、明秀は佐伯氏と、清子は美子嬢と、語り合っているような気がした。佐伯氏のつれなさも、美子嬢の気まぐれも、どこかへ忘れ去られて来たかのようだった。彼等は美しい獣のように振舞った。

梅雨の季節が進んでいた。

友人達は明秀の噂《うわさ》でこの暗い季節の無聊《ぶりよう》をまぎらした。

「又顔を見せなくなったぜ。藤村は」

「そんなことがあるものか。僕の所へもおととい遊びに来た。大学にも通ってるそうだ」

「僕は藤村が山内家に入りびたりという噂を聞いたのだが」

「しかしなかなかお似合いじゃないか」

「誰かもそんなことを言っていた。だが内気同士というのはどんなものかしら」

「大丈夫だよ。藤村は案外押しの強いところがあるから」

これらの対話を浮かぬ顔できいているのは新倉だった。消息通というものは往々浮かぬ顔をしているものだ。彼はいつもながらの、結論を与える口のきき方で言った。

「実際は藤村の方が熱を上げていて、向うには難色があるという処《ところ》じゃないか。証拠があるわけではないけれど、僕は一寸《ちよつと》そんな感じを持った……」

皆はこの公認の見解を傾聴するのであった。

夏が来ても明秀がなかなか東京を離れようとしないので、藤村夫人は自分が東京を離れたくない気持をそれに託することができた。藤村子爵はその後明秀と清子の交際について一切口を挾《はさ》まなかった。明秀は父が彼を愛する方向へなおも歩んでいることを信じていたので、安心してそれに狎《な》れた。息子が父に狎れるという空気は、家庭をある種の寂しさへ導く力をもっている。

夏も闌《た》けてから強羅《ごうら》の山荘へ藤村家の人々は出発した。山内家では大磯《おおいそ》と軽井沢の別業を交《かわ》る交《がわ》る使っていたが、恰《あた》かも今年は軽井沢へゆく年に当っていた。

夏は、退屈な近代人に僅《わず》かながら物語的な熱情をよびさます。一時の仮のそれにもせよ、別離は物語的感情である。もう一寸のところで可能になりそうな事柄を可能にしてくれる作用が潜んでいるように感じられる。

そこでは夏は春の未成さと秋の衰えとを併《あわ》せ具《そな》えていた。一昨年——学生時代の最後の夏をここで過した時、内気なりに清子は凡《あら》ゆる幸福が誘惑者のように到《いた》る処の物《もの》蔭《かげ》に待ちかまえているという風な奢《おご》りの歓びをはじめて知った。彼女はまだ佐伯氏を見ていなかった。その年とて欲情は微風のように彼女にかすかにふれてはすぎた。しかしその年齢の少女は貴族である。彼女は何物をも希《ねが》わなかった。希いさえすれば即座に何事も叶《かな》えられるように思われたので。

二年後の今、清子は同じ家々同じ人々を又しても夏中自分の周囲に持たねばならないことが辛《つら》かった。数人の友達は姓が変った。彼女達はきさくになり、ゆっくりと歩くようになった。多くの友達はもとのままだった。しかし自転車の群を鮎《あゆ》のように光らせてすぎる少女たちは、二年前の少女たちではなかった。二年前の少女はもう自分たちの効用を意識してしまった。自分以外のものでありたくないという気高くも驕慢《きょうまん》な少女の考え方を、彼女たちは足早に忘れ去ろうとしていた。今の彼女たちは愚かにも、他の誰かの言葉を待ってはじめて自分というものに気が附くという行き方を理想にしていた。

山内家が揃《そろ》ってM・ホテルへ午餐《ごさん》をとりに行った時、来合わせていたA夫人が清子の手をとらんばかりにして婚約のお祝いをのべた。仏蘭西《フランス》で生れそこで育った混血児の夫人のあまりうまくない日本語が、言葉の表現に無邪気な直截《ちょくせつ》さを加えた。山内男爵はこうした不穏な誤解に対してもとより無頓着《むとんちゃく》な人ではなかった。しかるにそれを事実無根だとする男爵の説明には、やや不真面目《ふまじめ》な翳《かげ》があったのである。

清子は父の前でこれほど多量の羞《は》ずかしさを示したことはなかった。佐伯氏が訪ねて来た時とても、自分が羞らいを隠せる大胆さにこわくなった位いだった。それというのにこの場合、まるで彼女のものではないように頰と耳とは自分勝手に燃えはじめるのだった。

A夫人がさかんにお詫びをして行ってしまうと、宗久が姉の袂《たもと》を引張って言った。

「むこうの隅《すみ》にRがいるよ」

肥った喜劇俳優のRが真赤なネクタイを目立たせてお淑《しと》やかに連れと話しているのがみえた。

清子はおもわずつつしみなく笑った。山内夫人と男爵はどちらからともなく顔を見交わした。

清子と明秀は日外《いつぞや》の約束の通り決して手紙のやりとりをしなかった。とりかわす手紙によって二人のつながりにさまざまな調子の変化と高低の差が生れ、恰《あた》かも手紙の来る来ないでそのつながりが絶えたり結ばれたりするように錯覚されるのと比べれば、しかし却《かえ》ってこの戒律は二人のつながりを割《さ》きがたいものにした。それは物事を古くする「時」の力を免れさせた。ともすれば、久々に相見る恋人の歓《よろこ》びも冷《さ》ますほどに、とり交わしすぎた恋文の魔力はお互いの魂を老いさせる。軽い裏切をおかした後で辻《つじ》褄《つま》を合わせた手紙を出しておきさえすれば、自分の潔白を信ずるのにどれだけ都合がよいかしれない。かくして互《かた》みの恋文の上に築かれた非の打ち処のない美しい恋人同士は、会った刹那《せつな》に忽《たちま》ち飛去って影さえも虚《むな》しいのだ。二人は気まり悪げに、文字であらわされた熱情の他に文字であらわすことの憚られるもっと直截なお互いの内の望みをみつめる。――灰色の朝が来て、冷気が相手の胸からわが胸を離れさせ、嘔気《はきけ》のように欲情の名残がこみあげてくるのを怺《こら》えながら、二人は別々にふとどこかの街角で見かけたもっと生き生きしたもっと歓ばしい快楽を与えてくれたであろう別の女別の男のことを夢うつつに思い浮べるのである。女は目をつぶってまた新たな力で男の項《うなじ》を抱《かか》え自分の唇へと引寄せる――目をつぶって。そうだ。朝毎《あさごと》に彼女は、生れかわった、新らしい、昨夜褥《しとね》を共にした男ではない別の男の幻を索《もと》めるのだ。

清子と明秀は、手紙のやりとりをしないことで、どの瞬間にも嘘《うそ》をつけない自分を感じた。嘘をつこうと思えばつける機会(手紙を出すこと)は、嘘への魅力をおこさせる。ところが手紙なしに軽井沢と箱根を隔てていれば何をしようと相手にわかりはしない。——思うに良心に依存しながらその良心が独《ひと》り立ちできるかを危ぶむのは愚かなことだ。良心は独り歩きさせてやることによってはじめて依存するに足るものとなるのであろう。

清子と明秀の場合、このささやかな約束はいつか蔦《つた》のように生い茂り、思わぬ場所をも覆《おお》った。約束そのものは手紙を取り交《か》わさぬという他に何の束縛も与えぬものであった。しかし恰かもそれが恋人同士がやるような方法で良心を証人に立てたので、約束は操《みさお》を守る約束であるかの如《ごと》く思われて来、明秀が清子以外の人を清子が明秀以外の人を好い人だと思ったりするだけで既に約束の違反・良心の悪徳を意味する如く感じられて来たのである。

しかしある日明秀からの速達がこの地に届いた。もとよりそれは約束に従って山内氏に宛《あ》てられ、近々彼が遊びに来る由《よし》を伝えていた。

駅まで清子が出迎えた。明秀は群衆のむこうからはやくも清子に気附いていた。清子は改札口へ駈《か》けよる他の出迎えの人たちには関《かか》わらなかった。彼女は自転車に身を凭《もた》せ、まるで自分が待たれているかのようだった。しかもそれは自然にみえ、素直に映った。

明秀は改札口を通りながら、ふと清子がこちらを向きそうな予感を覚えた。するといつのまにか清子はふりむき、さっきから彼を見出だし彼の動くままに動いて来たかのような、迷わない眼差《まなざし》に微笑を泛《うか》べた。

会釈《えしゃく》したきり二人は言葉もなく立っていた。そばを通る人々は目をそばだてた。わずかの間にお互いがいたく変ったような気がした。又却って数倍親しげな感じが添うて来た。

何故《なぜ》であろうか。夏の旺《さか》んな太陽が心の中にまで光りを及ぼし、あの美しい幻影を守《も》り育て、その成長を促したのであろう。幻影は彼等の内部にひろがって、清子であり明秀であるものは幻影を人目からかくしている着物にすぎぬとさえ思われ、清子と明秀は、自分でない自分の姿と、自分である相手の姿とが、微妙に交錯するように思われてそこに立ちすくんだ。

一双の鏡が相対しているように、もはや清子は自分の中の佐伯氏の幻を直接に見ることも語りかけることもならず、ただ明秀の鏡に映してのみそうすることができたのであり、それは明秀も同じであった。そして鏡同士は、その幻を介してのみ語り合うことができた。形と影とは隈《くま》なく相照らし、見分けがつかなくなった。形である影が、影である形と、親しげに微笑をとり交わすこともできた。……

宗久の小さい従弟《いとこ》（彼はまだ中等科の一年生だった）がある日遊びに来て物静かな山内家の空気を一人でこわしてしまった。彼は英字新聞から知っている単語だけを拾い出して大声で読んできかせた。いつも宗久がよいお相手になってくれるのだったが、どうしたわけか今日は宗久は彼を迷惑がって寄せつけなかった。明秀を前に置いて、この子供と対等にふざけるのが可厭《いや》だったのだ。宗久は明秀の傍らにいると、自分の若年のみじめさを腹立たしく感じた。そして騒々しい従弟の様子を、気難《きむずか》しげに眉《まゆ》をしかめてながめた。

従弟は馴《な》れ馴れしく明秀に寄って来た。彼は横柄《おうへい》に見下《みお》ろすようにして人を見るくせがあった。そのために明秀の脚だけしか見えないので、むりに明秀を椅子《いす》にすわらせた。

「K牧場にいらしたことある？　僕きのう、星野さんと森村と三人で行ったの」

「あんな遠くまで歩いて行ったの？」

「自転車さ、勿論《もちろん》」

「興《こう》ちゃん、お言葉が悪い。お母様に申し上げるわよ」――絽刺《ろざし》をしながら、清子がやや離れた椅子から言った。

小さい従弟は見向きもせずに、昨日得たさまざまな新知識を披露《ひろう》した。毎日我々が飲んでいる牛乳は五里の山坂をこえてそこから運ばれてくるものであること、それは十二、三歳の子供に牽《ひ》かれ樽《たる》を二つ背中にのせたおとなしい馬の仕事であること、その馬にはそういえば競馬場へ行く道で会ったことがあること、もしかしたらそれは昔競馬に出ていた馬かもしれないこと。

明秀は少年の冗々《くだくだ》しい話に受け答えをしている内に、どういう気紛れでか、その人里離れた牧場へ行ってみたい気持になった。

「明日お天気だったら行ってみたいな」と彼は清子に言った。

「子供の行くところですわ、あそこは」

「何さ、君だってまだ子供のくせに」と小さい従弟は怒った。

窓外の青葉の枝が大振りに揺れたので、清子は窓を見上げた。それは栗鼠《りす》が通って行った跡らしかった。

「明日もお天気だことよ、屹度《きっと》」――彼女は快活に弟によびかけた。「久ちゃん、明日自転車をお使いになる?」

明秀の気紛れが清子へ伝わると共に、どうしたわけか、あの自転車の群を鮎《あゆ》のように光らせてすぎる少女たちの漲《みなぎ》るものが清子に還《かえ》って来るように思われた。彼女が急ぎ出したのも、そのとらえがたい思いを確定しようとする焦《あせ》りからだった。

この計画をきいて山内氏は面白がっていた。もとより真面目なピクニックの計画とは信じられなかった。しかし男爵にはこの物静かな極めて家庭的ではあるが単調な生活に、ある不真面目な翳の加わることが嬉しかった。自分で作ったものに飽きが来て、さりとてわが手でそれをこわす勇気もない気重さを、明秀の立てた子供じみた計画は救ってくれるような気がしたのである。

夕食の時、山内氏はいろいろなお菓子の名を思い出しては、それを作ってお弁当に入れてあげなさいと夫人に言った。明る朝は五時頃家を出ねばならないので、老婢《ろうひ》だけが起きることになった。夜分皆が寝室へ入る際明秀と清子に向っては、「じゃあ行っていらっしゃい」と前以《もっ》て明日の挨拶《あいさつ》をするのであった。

霧に包まれた冷ややかな朝だった。人の影はなかった。どこの門からか犬が吠え立てて自転車の後を追って来た。その声と荒い息遣《いきづか》いだけがはっきりときこえて犬の姿は霧のためにみえなかった。

踏切をわたり、競馬場の横へ通ずる広い道をしばらく行った。野の面には霧がところまだらにかかっていた。月見草が濡《ぬ》れそぼって霧の中のいくつかの標識のようにみえた。

競馬場の横をすぎ次第に勾配《こうばい》が和見峠へ向う頃から、霧は晴れて、四囲の山々が仄《ほの》かな紫紺の光りを放った。二人は自転車を下りてそれを押しながら登った。清子は明秀が休もうと言い出す迄《まで》は休まなかった。彼がはじめて休もうと言った時、清子は疲れた微笑で言うのだった。

「清子、やっぱり疲れているんだわ。下を向いて自転車を押してゆくと、足に黄いろい蝶々がからまるのがみえるの。それを見ているうちに目がちらちらして眩暈《めまい》がしそうになって困ったわ」

「早くそう言えばいいのに」と明秀が笑いながら言った。

それから二人は休み休み人気《ひとけ》のない山道をのぼった。閑《しず》かな潤《うるお》った羊歯《しだ》の叢《くさむら》や泉の幻をたびたび見た。しかし一面の雑草と笹の茂りが木の間をこめているだけであった。見返る方には、いつも浅間の煙の重苦しい影がおおいかかっていた。それは陶器の釉《うわ》薬《ぐすり》のような色で青空を染めていた。

二十分もかかってやっと頂きについた。あたりは残りなく晴れわたり、雲が優雅にうごいているのみだった。東方にはギラギラした妙義山が、西方には靉靆《あいたい》たる日本アルプスの山々が、日と雲の微妙な濃淡に描《か》きわけられてさわやかに見えた。山々の彼方《かなた》にはそこからすぐ大洋がつづいていると思われるような空の青さと、海の果てによくみる雲形とがあった。近景が闊然《かつぜん》と喪《うしな》われたような風景だった。

二人は又自転車に乗って峠の急坂を用心しいしい下りて行った。みるみる杉林が深まり幽谷があらわれた。そこかしこに飛沫《ひまつ》を立てながら川が流れていた。

水底の岩の面は鏡のような平滑さを得て来て、それに水の流れが映っているような気配がした。鶺鴒《せきれい》がおちつきなくとびまわっていた。何鳥か、森の奥で臼《うす》をまわすような単調な鳴音を立てていた。

まだ八時だった。

二人は冷たい水のほとりの岩の上で朝食を摂《と》った。

ゆくてはまたしてもだらだら坂の山道であった。そこをさっきと同じように清子と明秀は自転車を押しながら休み休み登った。二人とも喋《しゃべ》ろうとしなかった。この苦役が自分の為《ため》でなくお互いの為に献《ささ》げられているような気がしてきた。そしてこういう沈黙が心を翳《かげ》らしはせず、却って野山の爽《さわ》やかさと寂《しず》けさを彩《いろど》るように思われた。

高立に着き、古風な広庭を持った百姓家に自転車を預けると、そこからは牧場へ通う細い一本道を歩みのぼった。

「ここを興ちゃんが登ったんだね」

「ええ、威張っていましたっけね」

——一本岩の下まで来ると曲り角から長閑《のどか》な鈴の音がひびいて来た。そして若葉の匂《にお》いが一きわ濃くなったような匂いをきいた。二人は道をよけた。

樽《たる》を背にのせた馬を曳《ひ》いて、汚れた顔の少年が山道を下りてきた。それは小さな従弟が言ったように牛乳を軽井沢の町へ運んでゆく馬であった。馬の栗毛の背を日光が油を塗ったように輝やかしているのを見送ると、俄《にわ》かに日差の烈《はげ》しさが感じられた。草叢《くさむら》の温気《うんき》は、うつむいて歩む顔をほてらせた。

「もうすぐだ」

「みえるわ、もう小屋が」

彼女は目をつぶったまま言った。

「見えやしないよ、まだ」そう言いかけて明秀も彼女を真似《まね》て目をつぶってみた。と、牧場の前兆である白い小屋の幻影が、緑濃い木立や雑草を透かして迫った。

突然身近な牛の鳴音が二人を愕《おどろ》かした。

牧場の小屋は今度は現実のものとなって、雲と青空のなかに立ちあらわれた。そして牧場は多くの隠密な曲線を隠して、目路《めじ》の限りひろがっていた。紅白の雛菊《ひなぎく》がややつのって来た夏風になびいていた。

小屋の前に寝そべっていたコリー種が五、六匹明秀の方へ走り寄って甘えだした。二人は犬につきまとわれながら小屋に到着した。

破れたチョッキを着た耳の遠い管理人が出て来た。明秀は牛乳を求めて、二人で飲んだ。

二人はそれから牧場を歩きまわった。

かなたの草の丘には数十匹の飴《あめ》色の牛が群れていた。その上を雲のかすかな翳がすぎる時、それは群像のように眺められた。

又近くの草の上を、群からはなれて、ゆるゆると喰《た》べすすんでゆく大きな牝牛《めうし》もあった。

牧童が一群の牛を物見山の方へ追い上げて行った。白いレエスの襟《えり》をつけた扈従《こしょう》のようなコリー犬がつき従った。

清子と明秀は程よい斜面をみつけて腰をおろした。

日はあたかも天の半ばにあった。遥《はる》かな山々も或るところは緑に紫に、或るところは残雪がかがやいて真珠母《あこや》いろに、海の貝にみるような擬宝石質の明るさを帯びて連なっていた。

夏草は柔らかな牧草のあいだに剛《こわ》く烈しい葉身を延べていた。しかしそこに燈《とも》された小さな黄なる花々は可憐《かれん》であった。

雲がこれらの景色の上をたゆまない速度で綿密に端正に動いていた。それらの落す影が牧場の起伏をこえて来る時に、その一つ一つの窪《くぼ》みや高まりにつれて、ちぢんだり歪《ゆが》んだりするのが長閑《のどか》にみえた。

明秀はのびのびと草の上に体《からだ》をのばした。適度な温度の湯にひたっているような疲労の心地よさに心が空になった。清子は彼の枕許《まくらもと》で無心に草を摘みそれを編んでいた。天上の一瞬が無垢《むく》なままに下りてきたような刻々だった。

明秀はS高原の湖畔で美子嬢と共にいた花々の野を思い出した。しかしそれはかほど純潔な記憶ではなかった。そこでは時間に肉体の匂いがした。

しかるに今、すべてを無為としびれるような安逸へ押し流すかにみえるこの眩《まば》ゆい真夏の太陽が、ふしぎな剛《かた》い純潔、魂の乱れない高鳴りを齎《もた》らした。明秀は目をつぶってうつらうつらした。瞼《まぶた》の裏には紅《くれな》いのきらめきに充《み》ちた靄《もや》がかかった。そして傍らに清子がいてくれる、ただそのことが、痛いようなあらたかな幸福へ彼を誘った。清子にとっても亦《また》、眼をとじる明秀の裡《うち》に自分の影が正確な座を占めていることが信じられた。……もう信ずることさえ要《い》らなかった。清子はもはや佐伯氏の幻影を媒介とせずとも、明秀、――この幻影の仮面――その抱《いだ》く幻の着物にすぎない明秀を認知しえた。清子が明秀の空《むな》しさを清子自身の空しさとすりかえ、明秀も清子の空しさをわがものとして、二人は全く入れかわった正反対の方向を正反対の宇宙を夢みていた。そこに二人の無上の共感が根ざした。二人は各々の背後に率いるはてしれぬ虚空《こくう》によって充たし合ったのである。

清子はそっと明秀の頭を自分の膝《ひざ》の上へ導いた。こういう仕草すら何らのやましさもわざとらしさも伴わなかった。二人は自分一人を除外して、ここに間違いようのない恋人同士がいると感じた。

夏の太陽はますます強くふりそそいだ。清子と明秀の体温も夏草のいきれに等しくなった。そしてすべての肉体を涸化《こか》させるように、太陽は二人の唇を渇《かわ》かし髪を灼《や》いた。それはすべての言葉を口から奪った。二人は遠い森に蟬《せみ》の弥撒《ミサ》をきいた。花々のかわりに遠い蟬のどよめきと眩光《げんこう》を射かえす雲とに飾られて、二人は彫像のように動かなかった。

二人は鋳型《いがた》のなかに囚《とら》われ人となったようだった。「今何を考えているの?」二人は遊びのようにそう問い交《か》わしてみたくてならなかった。しかし鋳型と日光のために唇もたやすく動かなかった。

清子は明秀の目に見入った。それは雲がすぎると泉のようにかがやいた。そこには清子も亦その建築に与《あずか》りその秘めやかな陰謀を共にして来た一つの幻影、もはや嫉妬《しっと》も愛も離れて非情な美しさで聳《そび》え立っている巨大な美子嬢その人が映っていた。清子と明秀をのせた船は、あの探険家たちの航海が沖に見るようなその巨大な幻へと、少しずつ船足をはやめてゆくのだった。

第五章　周到な共謀（下）

アリセ　ドアは開け放しにしておくんですか
大　尉　おまえ、そうしておきたいんなら
アリセ　じゃ、そうしときましょう……

――ストリンドベリ「死の舞踏」

自分の息子が他家の美しい娘と何かひそひそ相談事をはじめている形跡がうかがわれると、母親の心の生活は或る種の賑《にぎ》わいを加えてくるものだった。結婚申込を待つ心の不安と、歓《よろこ》びにとって必須なものである胸の疼《うず》きは、その申込をうける他家の娘当人の中によりも、いつか打明け話をきく立場にある母親の中にむしろ色濃く在るものだった。藤村子爵《ししゃく》夫人は去年の夏、S高原での、息子明秀と原田美子との屈辱にみちた結末を伴った、それでも当初は若々しさの無遠慮な発現としか見えなかった恋のいきさつに際して、今年の夏同じ明秀と山内清子との交渉を目の前にして感じているような心のときめきや歓ばしい不安の全く感じられなかったことを、今更さこそと思わずにはいられなかった。去年の夏明秀のあのいたましい絶望の結果を予知していたかのように、最初から夫人は好んで中年の女らしい情の濃まやかな気むずかしさで若い一組を眺めたのであった。教訓を与える立場にある女の寂しさをこれ見よがしに、息子にすねて見せもしたのだった。しかし聡明《そうめい》な夫人はこれら凡《すべ》ての心の動きが、「若さ」への彼女自身の嫉妬《しっと》であることを理解していた。さらに正確に言えば、目の前に行われる若さの夥《おびただ》しい濫費《らんぴ》に誘われて、彼女自身の残り少ない若さまでが不相応な濫費を企てようとする傾向を、いかようにもして、警戒し、いかようにもして彼女自身の貧しい「若さ」をこの危険から守ろうがために、やむなくとった頑《かたく》なさの仮面だと自ら察知していた。その夏にもまして夫人は自分の中に、一日思うさま日光を入れた室内の家具類が夜更《よふ》けて干割《ひわ》れる音をきくように、彼女自身に残っていた若さが目ざめて彼女の心のすみずみに亀裂を走らせるそのいたましい響を聞いたことはなかった。

ところがこの一年のあいだに、夫人はもうそれが嫉妬であったことを忘れ去ってしまっていた。夫人はわれとわが心の動きに耳をすます習慣を失って、彼女の無意識な心の動きが息子の幸不幸を占うことができるという莫迦《ばか》げた確信の方を大切にすることをおぼえたのであった。現在の楽しい不安はただただ息子のためによかれと念《ねが》う道徳的な母性愛から発するところの正確な直感に基いていて、それ以外の何の不純な動機をも含まないものだと信じていた。

こうした夫人の素直さは単に年のせいだと言えたであろうか。わずか一年の経過がそんなにまで人の老いを早めるものであろうか。彼女の若さのこの突然の屈服は何か背信の要素を含んでいはしなかったか？

清子と明秀のいきさつから藤村夫人が感じたものは、夫人の若さの危険を些《いささ》かも感じさせないようであった。ということは、夫人がその残り少ない若さの消費に、俄《にわ》かに気前がよくなったことを示していた。夫人は老いを、破滅を急いでいたのか？　決してそんな筈《はず》はなかった。彼女の内部に生れた一つの強い要求が何らかの形で彼女から「犠牲」を求めていたのである。犠牲という盲目的な行為が、清子と明秀への母性愛に似た発露を装《よそお》ったのは自然である。犠牲ほど目的を仮装する行為はないからだった。これから推《お》して明らかなことは、昨年の夏まで母として息子を愛していた藤村夫人が、今年の夏はもはや息子を愛していないということだった。してみれば、息子の打明け話を期待する心の不安な賑わいは、彼女自身の犠牲を要求している一つの力と、同じ源をもった感情の転嫁《てんか》された形かもしれなかった。

ところで、犠牲を要求する権利のあるものは愛のほかにはない筈だった。その愛のはたらきの盲目さのおかげで、夫人は今年の夏、彼女自身の昔の恋人である清子の父、山内男爵を愛しはじめていることに毫《ごう》も気附かないで暮らすことができたのである。山内氏に会うとき、夫人は平静な朗らかな、むしろいつもより理智の研《と》ぎすまされている状態にある自分を見て満足していた。しかし人も知るように幸福とは理智のみが確かめうるものなのである。——一方、この夏山内氏に会わずにいる間のさまざまな不安や心の痛みは、すべて清子と明秀への母親らしい不安な期待と、初夏の一日鵜飼《うかい》見物の旅からかえった藤村子爵が華族会館で夫人に示したあの疑惑の表情——夫人と山内氏との間柄についてはじめてそれを示す権利を得たといいたげに露《あら》わに示された表情——へのしつこく繰り返される腹立たしさとに転嫁されてしまうのだった。藤村夫人に恋というものがこれほど安楽な、苦しみのない感情であることが信じられないのもそのためだった。小説や物語類で読む中年女の恋の復活は、もっと烈《はげ》しくもっと騒がしくもえ上るべき筈のものではないか？

こうした夫人の心の動きは、おかしなことに、明秀にとっても時ならぬ愛の重荷のように感じられだしているのであった。彼もまた息子としての当然の礼儀によって、「母性愛」という母の幻想を、そのまま正直に遵奉《じゆんぽう》しているだけのことだった。

明秀は軽井沢から九月はじめに東京へかえる途次、強羅《ごうら》の山荘にまだ残っている父母をたずねた。遠雷がとどろいて、杉木立に残暑の曇りが立ちこめた夕景であった。藤村子爵は昼寝からやっと目をさましたところだった。そういう召使の口上が明秀を訝《いぶか》らせた。子爵は今まで滅多に昼寝なぞしない人だった。たとい昼寝をしていても、息子にさえ、書斎で読書中と信じさせたい人だった。子爵の一見古めかしいこの種の虚栄心が、実は古めかしさを装った或る若々しい虚栄心の発露である所以《ゆえん》を明秀は見抜いたものであったが、父がその青年のような虚栄心をしじゅう自分で持て余して時々とってつけたような古風な訓誡《くんかい》を試みたりする一種の含羞《はにかみ》に、彼は共感を覚える折が多かった。その子爵が夕刻まで昼寝をするとは、何かこの山荘にそうさせる空気があるからに相違なかった。

藤村夫人は、蒸タオルや冷やしたメロンやオレンジ・ジュースや温泉風呂などの実際的なサーヴィスは一切召使まかせで、用もないのに忙しく立ったり坐ったりしてこの二週間ぶりで見る息子のまわりを物珍らしそうにぐるぐる廻っているだけだった。明秀は自分を、行方不明になったつもりでいたのが突然のこのこ帰って来た母の愛犬のように感ぜざるをえなかった。

「軽井沢どうでして？　清子さんはお元気？　あんなおとなしい方でもテニスや馬

をなさるの？　森安さんの小母さまや清賢寺さんや三川さんにお会いにならなかった？」その他明秀の知っている或いは知っていない固有名詞が続々と繰り出される中に、山内氏の名前をうっかりさしはさむような不手際《ふてぎわ》を見せない母の周到さに、今日の明秀は何故か浅墓なものを感じた。山内男爵は之《これ》に反し、明秀が滞在していた間というもの、彼がしまいに何も疑わなくなった程の小学生のような無邪気な率直さで、藤村夫人の消息を根掘り葉掘り訊《き》きどおしであったからだ。

彼は父の部屋へ挨拶《あいさつ》に行った。父は蚊《か》いぶしが尽きたので屈《かが》み込んで火を継いでいた。機嫌のわるいときは召使に何も命じないのが子爵の癖だった。明秀はその浴衣《ゆかた》の背に何か年寄くさい意地悪さを感じた。しかし子爵にしてみれば、部屋へはいってくる息子の気配に、この春山内氏のはじめての訪問の際階段の途中で明秀に出会ったときの気まずさや、初夏の旅からかえった翌朝言わでもの忠言を明秀に与えたときの苛《いら》立《だ》たしさが、又しても別の形でよみがえるような予感がしたので、そんな卑屈な姿勢をとってまで、自分が純粋に父親として息子と面と向うような場面を回避することしか考えていなかったのである。息子でなくてただのごく若い後輩に明秀がすぎなかったら、どんなにか子爵は父親らしく振舞えただろうと思われる。

「ああおかえり」

子爵がやはりどこか作った声で、そう言い了《おわ》るか了らぬかに、

「ごめんあそばせ」と母が蓋《ふた》のない香炉に蚊いぶしを載せてそそくさと部屋に入って来た。

「暗くなると早速ひどい蚊でございますから」

「そうだね。いや、ありがとう」

――夫人が自分で蚊いぶしをもってくるなんて明秀の知っている限り今までにないことだった。しかしもっと不思議なのは、母は別段部屋のなかの蚊やりの匂《にお》いにも、父が火を継いでいる動作にも、一向気のつかない風を装っているし、父は父で「蚊遣《かやり》はもうあるからいいよ」と断るでもなし、母のもって来た新らしい蚊遣を自分のつけた蚊遣のすぐ傍に無感動に置き並べてそしらぬ顔をしていたことだった。――明秀は父と母との避けがたい不和の兆《きざし》を見たと感じた。しかもそれは真向《まっこう》からの口論を伴う不和ではなしに、不和が日ましに、生活の一番必要な部分になりつつあるような、そういう緩慢な不和なのであった。

二本の蚊遣にいぶされて父と二言三言弾《はず》まない会話を交わしていると、召使が御召替をなさるようにと伝えて来たので、明秀は居間へ立って行った。居間では婢《はしため》のそろえた白絣《しろがすり》の浴衣や帯のまわりを、母がまたなんとなくうろうろしていた。しかし夫人

のこうした落着きのなさはいわれのないことではなかった。明秀が着換え終ったとき、「そら、あなた、また背縫が曲ってしまった」と手ずから着附を直してやる藤村夫人の声は心なしか慄《ふる》えていた。急に重苦しい囁《ささや》きになった。

「あのね、明秀さん、あなた清子さんと早く結婚なさいよ。お母さんが今度はありたけの力で助けますからね、いいこと、勇気をおもちになることですよ」

藤村夫人の声は性来劇的な場面にはふさわしくない声だった。殊《こと》にこんな必死の復《ふく》讐《しゅう》の言葉を口にするためには、その声はむずかしいセリフのところを一刻も早く通り抜けようと甲高い棒読みにしてしまうあの女学生劇の主役の声に似すぎていたのだった。——明秀は聞き損《そこ》なった。というより、母のそれほど切迫した感情の激発に応《こた》えるべく、彼の無感動があまりに甚《はなは》だしかったので、今度は改めて彼自身の耳を疑う段取になったわけだ。

「え？」

「……お母さんのありたけの力で助けますからね」

明秀はふとふりむいて母の目に哀訴の色しか見出ださなかった。彼は自分がこの時以後母を憎みだすのではないかと怖《おそ》れた。

秋が深い吐息のように訪れたので、山内家も藤村家も避暑地を引上げた。藤村家と山内家の往来《ゆきき》は前にもまして繁《しげ》くなった。藤村夫人と山内氏もしばしば逢《あ》った。明秀と清子とはさらにしげしげと会っていた。ただ藤村子爵ばかりは頑《かたく》なに山内男爵と会うことを避けた。

実は子爵のこうしたつむじ曲りの振舞には、山内氏への疑惑はほとんど流れていないと言ってよかった。夫人の疑心暗鬼がむしろ子爵には面白いのだった。そういう傍観的な気持に彼が陥ることができたのは、夫人が女学生のような好奇心の匂いをぷんぷんさせながら迷惑そうな表情の仮面の下に折にふれて明秀と清子とのいきさつについて話すその口ぶりが鼻につきだした反動であった。華族会館のことがあって以来、必要以外は良人《おっと》と口をきかない決心をしたらしい夫人が、ふとその決心をわすれたように話し出すのは明秀の新らしい恋のことに限られていた。何を好んで今年の夏を、仲の悪くなった筈の良人と一緒に夫人がすごす気になったのかと、（何故なら別に不和の翳《かげ》もなかった去年の夏は、子爵は強羅、夫人と明秀はS高原ですごしたのだから）子爵は妻の心を忖度《そんたく》しながら、あるいは長い夏を二人暮しして自分を苦しめ又良人を苦しめるという、女にとっては最後の魅力である悲劇的な生活をたくらんでのことかと考えたが、それは思いすごしで、夫人はただ明秀や清子についてこの夏中何か二言三言いいたくなるときの心おきない聴手として良人を選んだにすぎないのかもしれない、そうも子爵には思われて来るのだった。

ところが藤村家代々の自己韜晦《とうかい》の性格のおかげもあって、彼は息子への「尊敬から」（というのは一種の英吉利《イギリス》風の『心の社交辞令』だが）息子の恋愛問題などについては見て見ぬふりをしている自分の位置を好もしく感じる傾向があった。しかも見て見ぬふりをして何もかも許していると謂《い》った当世風な「よきパパ」の類型――子爵がその貴族的な矜《ほこ》りによって最も軽蔑《けいべつ》する類型――に似ないように、時折無意味な反対意見を唱えたり、チクリとした皮肉を言ったり、お得意の、まるで気のない古風な訓誡を垂れたりする必要もあるのだった。彼自身の心の演ずるこういうさまざまな仮面劇がわずらわしさに、去年の夏美子とのいきさつを聞くや否《いな》や、子爵はろくに様子もきかないで許可を与えたが、その苦い経験に懲《こ》りて、今度こそはもう少し長い目で二人を見た上で、（尤《もっと》もその間、子爵は自分自身の退屈な仮面劇に耐えていなければならないが）程よいところでいずれ許可を与えるつもりでいた。こんな理由から返事を渋っている良人《おっと》の気持を、すぐさま山内氏に関係さして考える妻の疑心暗鬼が、子爵には他人事のように面白かった。ということは同時に、家庭の問題として不愉快であることを妨げるものではなかった。あの朗らかな五月の旅からかえった快さを物の見事に壊された小さな感情の一事件の背後に、山内氏という人物の幻影がちらつくのを見たときの、山内氏への憎しみは、こんな裕《ゆと》りのある感懐とは別なところで成長していた。子爵は軽蔑というものが（まるで嫉妬のように）軽蔑する人にとっても苦しみに他《ほか》ならぬ、稀《まれ》な場合を知るのであった。

秋もようやく長《た》けて来た或る日のこと、貴族院の親しい友達河盛《かわもり》氏の嗣子《しし》の結婚披露宴に招かれて、藤村夫妻は帝国ホテルへ行った。もとより年配の客が大半で、いかにも結婚披露宴ずれのした御夫婦が多かった。彼らは虚礼というもののもつ少しばかり味な意味を心得ている人たちだった。婚礼も亦《また》、火災保険のようなものである。誰でも一生のうちに百回の結婚式に出席するものだとして、その百回のうちの一回が自分の結婚式だとすると、社会というものはこのおのおの一回の実質的な儀式で繋《つな》がっているようにみえながら、実は九十九回の虚礼のおかげで支えられているものだった。九十九回の虚礼が寄ってたかって、残りの一回の実質を形づくっているわけだった。そういう披露宴ずれのした御夫婦は、たいてい夫君は男同士で苦虫を嚙《か》みつぶしたような顔をして仕事の話をしており、夫人同士は若いお嬢さんたちも交えて少女歌劇や化粧品や男性の横暴と稚気に関する話題でもちきっているものだった。控室の煙草《たばこ》の靄《もや》のなかに白いカラーと女の白い衿足《えりあし》と無数の眼鏡の反射がどんより光っていた。何百人もの人間が一せいに談笑している姿は何か一生懸命で気の毒なような景色であった。

暗い間接照明の下《もと》にふと藤村夫人は壁の方へ向って小さな鏡をとりだすと、顔を斜めに向けた。それから手早く鏡をしまって良人のそばへ寄って来た。

「ここにいらしてね、一寸《ちょっと》顔を直してまいりますから」

子爵はその上目づかいを醜いと思った。白粉《おしろい》がいやに青ずんでみえた。——今しがた子爵は妻に小声で「顔を直しておいで」と注意したのであった。夫人は返事をしないで壁際《かべぎわ》へ行った。彼女が鏡をとりだすのを子爵は見ていた。それからこうして戻って来て、顔を直すことが自分の判断から出た行為である所以《ゆえん》を示すためにわざわざ軍隊式復誦《ふくしょう》をして、そそくさと化粧室の方へ人ごみを縫ってゆく藤村夫人には、たしかに妙に颯爽《さつそう》とした感じはあったが、子爵は一向敵意をあおられなかった。彼は子供のような無心な気持で妻を「醜い」と思うだけだった。若い頃のように女の醜さを見て戦慄《せんりつ》するでもなく、「眠い」というのと同じ感覚で「醜い」と感じるだけだった。

妻と入れ代りに、若い人たちばかり集まっている廊下の一隅《いちぐう》から割と恰幅《かっぷく》のよい、眼鏡をかけた一人の青年が、いかにも物馴れた微笑で、雑沓《ざっとう》を縫って藤村子爵の方へ近づいて来た。「一寸失礼いたします、一寸失礼を……」とでも呟《つぶや》きながら人ごみをわけて来るらしいのだが、たえまない微笑と会釈《えしゃく》の、青年にしてはすこし厭味《いやみ》なほど度外れの慇懃《いんぎん》さが、子爵にふと学習院時代の校友会の大会のとき紫のリボンを胸につけてこれ見よがしの慇懃さで客を客席へ案内する接待係の学友達を思い出させた。青年は自分を注視している子爵が、自分の顔を覚えているものと早合点《がてん》して、

「藤村さん、御無沙汰《ごぶさた》いたしております」と挨拶するので、子爵は相手を思い出せない場合にとっときの冷たい鄭重《ていちょう》さのこもった眼差《まなざし》になって一瞬彼の顔をまじまじと見《み》戍《まも》った。

「あ、私、新倉でございます。明秀さんの同級の」

「ああ、すっかりお見外《みそ》れしてしまって。明秀のところへおいで下さった時お目にかかっているのに。大へん失礼。年寄のことですから許して下さい」

「とんでもございません。あまりお若くみえましたので、こちらでお見外れしそうになったくらいでございました」

藤村子爵は微笑した。所謂《いわゆる》苦笑いというものを口に浮べたのは随分久しぶりのことのような気がした。この青年の老成さ、――子爵と同年輩の人間ならうっかり傑物《えらもの》だと認めかねないこの老成さ――のからくりを、子爵は見破るまいとして見破らぬわけ

には行かないのであった。何故なら子爵の青年時代にこの青年は似すぎているからだった。当然子爵は人がおのれの青年時代をふりかえって見る時に特有の感傷的な憎悪《ぞうお》と愛情の入りまじった目つきで彼を見つめ彼の言葉を待つのだった。

何事も自分の善意に動かされぬものはないという愛すべき確信が、年のわりに赤い新倉の頰に、いつもかがやいていたことは前に述べたとおりだ。彼は早くもこの初老の紳士を今や俺は丸めつつあるという判断を自分に与えたらしかった。彼のおそろしく慇懃でおそろしく無礼千万な饒舌《じょうぜつ》が始まった。

「私、今日のお嫁さんの近い親戚《しんせき》に当りますので。はあ。藤村さんは河盛さんと御懇意でいらっしゃいますか？……」

新倉は数分間そういう社交的なやりとりをつづけると、

「実はね、藤村さん」とはじめて青年らしい糞真面目《くそまじめ》な表情になった。「明秀さんのことで一寸御相談申上げたいことがあるのでございますが、なるべくはお宅でなく、どこか外でお話したいのでございますが、明日か明後日御都合のよろしい場所はございますまいか？」

何の相談です？　などという気軽な反問のできる子爵ではなかった。これっぽちのことで動揺する自分を見られたくないというより、事が図らずも明秀に触れていたので、父親らしい大役を避けてまわっていた自分への第三者の叱咤《しった》の目が突然感じられ、『何の相談です？』などという気軽な問い返しには手の届かない所へ忽《たちま》ち子爵はわれとわが身を押しこめてしまったという方が適当だった。

「明日……そう明日は出る用事はないのやが……（と狼狽《ろうばい》のあまり京訛《なまり》が出て）よろしい、お午《ひる》少し前に西銀座のキルシエというあの桜桃《さくらんぼう》の看板の下っているドイツ人のレストランで待ち合わせましょう」

子爵の目はこちらへかえってくる夫人の姿を素速くとらえて、早口でつけ加えた。

「家内ではわからぬことですか？」

「ええ、藤村さんお一人に」

「よろしい」

「あら新倉さん、いつぞやは明秀が上りまして。……でもよく主人の顔をおぼえていらしたわね」――笑っている夫人の目は、横から見るとあでやかに潤《うる》んで、波斯《ペルシャ》の密画の女のように近東風の切れ長であった。

あくる日の正午、あるビルディングの地下室にあるレストラン・キルシエの扉を押して、休憩室兼バアになっている一隅に子爵が目を走らせると、そこには新倉が厚い眼鏡をあちこちへ向けながら、そのくせ体はゆったりと安楽椅子《いす》にそり返っていた。子爵が傍へ近づくと、彼は満面に笑《え》みを湛《たた》え、彼の父の御辞儀を真似《まね》ているのであろう、傲岸《ごうがん》な鄭重《ていちょう》さにあふれたお辞儀をした。子爵には新倉のこのあまりにも嬉しそうな顔が気に入らなかった。うるさい父親が死んでせいせいしたと心で思いながらも、たしなみのない通夜《つや》の客が大声で笑うのをきくと、やはり眉《まゆ》をひそめずにはいられない息子の心理に似ていた。昨夜から漠とした不安に責められながら、子爵は新倉という青二才に救いを求めようとしている彼自身を見出《みい》だした。そのためにも新倉が深刻な顔をして子爵を迎えてくれたらどんなに救われた気持になったことだろう。新倉は子爵を慰める立場に立つべきでなく、一緒に苦しむ立場に立ってくれるのが年相応というべきである。しかし子爵のこうした心の動きには、自分の不安の助長をねがう不可解な感情が、われとわが身を罰しようとする一種の愛が、芽生えかけていたとはいえまいか。新倉の笑顔はここにはいない明秀が嗤《わら》われているように子爵の身に痛かったのだ。今までこんな痛みが子爵の身に齎《もた》らされたことがあったろうか？

「やあ、お待たせしました。あなたは飲まれるのでしょう。ブランディーはいかが？それともいきなり食事にしましょうかね」

「はあ、どちらでも」

「おなかが空いていては卒倒するようなお話だといけんから、先に食事にしましょう」

新倉はこの乙に澄まし返っているところしか見たことのない子爵の中には、糊《のり》のついたカラーのような優雅でコチコチな心しかないものと思っていたが、きょうは何かこわれやすい脆《もろ》いものが同じ内部に動き出しているようだった。そのために一そうそれと対比されて、子爵の冷たさが語気に凍っていた。

「そんなお話ではありません。きっとお喜びになるお話なんです」

「ほほう、私は滅多に喜びませんよ」

奥まった卓に案内されると、子爵は軽蔑《けいべつ》したような目つきで周囲の壁の装飾——ミュンヘン・ビールの広告とか、ブリューゲル風の怪奇な版画の額とか、無憂宮《サンスーシ》をえがいた色つきのペン画とか、角笛に挿《さ》した花だとか——を一トとおり眺めまわした末、同じ眼附を新倉に向けて、

「さあ、お話をうかがおうではありませんか」

「お話といってもどうも……」と新倉は学生っぽい挙止で思わず頭を掻《か》く真似をしたが、子爵にすすめられたアペリティーフを飲み干すと、「いや、あの、実は、明秀君から是非と頼み込まれてお話し申上げるわけなのですが、これも本当は秘密なので、

明秀君の註文《ちゅうもん》では、彼の依頼をうけずに全く私一人の好意から出たものとしてお父様にお話し申上げてくれ、とこういうわけなのです。話の順序といたしまして……」そういう常套句《じょうとうく》を彼はうれしそうに使うのだった。「……山内清子さんをお父様は御存知でいらっしゃいましょうね」

「はあ、知っています」

「明秀君は清子さんを愛しておられるのです」

「一寸待って下さい。それは明秀の口から出た話ですか？」

「そうでございます」――彼は諳誦《あんしょう》していたような断定的な口調で答えた。「明秀君にいわせれば、無責任な人間だけが本当のことを言える、のだそうです。明秀君は何事でも口に出すと嘘《うそ》になってしまうことに悩んでいる誠実な人だと思います。もし明秀君が勇気を奮《ふる》い起してお父様に直接打明けてお願いすれば、それは忽ち嘘になってしまいそうな気がするのですって。私の口から申上げれば、私は無責任な立場にあるわけですから、明秀君の真意が一番よくお父様に伝わるわけです。二人の結婚についてどうお考えでいらっしゃいますか？」

これをききながら、子爵のとらわれた感情が愕《おどろ》きでも怒りでもなく、ただ、「本当のことを今言っております」という新倉の顔つきへの嫌悪に他ならなかったというのも、子爵その人が、生来、無責任な人間の歯に衣着《きぬ》せぬ放言の中には、世間で空想している「真実らしさ」の幻影しかない所以《ゆえん》を、信じて疑わない人だったからだ。

「本当でしょうか？　私にはどうもよく呑《の》み込めない」

銀の肉叉《フォーク》をもつ乾いた白い手を初老の貴族らしい艶《つや》のある動きで皿の上に歩ませながら、子爵は今の自分がすこしも昂奮《こうふん》もしていなければ驚きもしていないことに私《ひそ》かな意地悪な快感を覚えていた。彼はふと肉叉とナイフを皿に休めて右手で蝶ネクタイの結び目にさわってみた。それがきちんと結ばれているのが触知されたので、子爵は満足のあまり軽い咳払《せきばら》いを一つするのだった。

「私が嘘を申上げていると仰言《おつしや》るのですか？　何の利益があって私が嘘を……」――新倉が気色《けしき》ばんだ。ところが彼のこんな怒った顔は、年寄を丸めこむには、時々青年臭い無鉄砲な激情を示して頼もしがらせる必要があるという、彼一流の計算に基いたものだった。――藤村子爵にもこのやり方は功を奏したろうか？　新倉は青年が怒るのを余裕ある微笑で眺めるときの老人特有の優越感におもねろうとしていたのだ。しかしこの場合、彼のあらゆる術数をこえて、子爵の額には或る名状しがたい若さが閃《ひらめ》いて、新倉の偽物《にせもの》の若さをあばき立てた。子爵は身構えした。彼の信ずる真実が、新倉の口から出た真実によって傷つけられるのを防ごうと。

「新倉さん、あなたの仰言る『本当』という意味と、私の言う『本当』とはすこしちがうのです。たとい事実、わたしの息子があなたにこんな役目をお願いしたにしても、私は息子をそのように教育しはしなかったと断言できますのや。（彼は喋《しゃべ》りながら、「教育」という言葉をさても便利な言葉だと思った。）第一母親というものがあるではありませんか。母親を通さないでお友達の口から私に直接話をつけようなどと、そんな妙な智慧《ちえ》をつけたのは誰でしょう。あなただとは申しませんが」

子爵はハンブルグ風に焼かれた鱸《すずき》には手もつけず、左手の指さきで、卓布の上の肉叉を神経質にカタカタと動かしながら喋《しゃべ》っていたが、ふと自分の言葉が自縄自縛《じじょうじばく》になっているのに気づいて驚いた。彼は新倉の前に、この些細《ささい》な言いがかりを緒口《いとぐち》に、妻と彼自身との不和を打明けようと試みだしている自分に気附いたのであった。すると突然、或る洞察が生れてきた。それはいつか階段の途中で明秀とぶつかったとき戸惑いして押しかくしてしまった一つの洞察が、突然蘇《よみがえ》った彼自身の若さのおかげで、目の前に立現われたのである。ここに居ない藤村夫人の若さが突如として彼に残っていた若さに共鳴した。子爵はこれから青年のように全身で妻を憎んでやることができるぞという熱情の予覚をその身に感じた。

「新倉さん。私にはとうからわかっています。あなたの今日の役目は全く私の家内から出たことでしょうが。明秀は少しも知らないことではありませんか」

「とんでもないことでございます」――新倉は目をひらいて、とんでもないという表情を実に見事に演じてみせた。しかしこの演技の巧みさは、下手な役者が舞台で死ぬときに恰《あた》かも偶然彼の本当の死が同時に来たので一世一代の名演技をみせることができた場合と、すこし似すぎていたというべきである。彼の目は図星を指された愕《おどろ》き以外の何ものをも示していなかった。

「明秀君はこの話を少しも御存知ないことにしていただかなければ、第一私が困ります。そう仰言って下さって安心いたしました。しかし、何ぼ何でも小母様からおたのまれしたなんて……」

「私はあなたの御厚意は心からうれしく思っています。しかし私は一家の中は家族同士でやって行きたいと思うのです。少くとも私自身を私は理解のある父親だと思っているのです。たとえ妄想《もうそう》にしても、この空想だけは壊さないでいただきたい」

「これは大へん御気を悪くすることを申上げて失礼いたしました。しかし明秀君の友人としての友情は信じていただきとうございます」

友情なんてあやふやなものをこんなに簡単明瞭《めいりよう》に信じている友達をもった明秀は倖《しあわ》せである。つまり明秀は、友情をではなく、まず友情の信じ方を、彼から教わることになるのだから。これこそ世間智の第一歩というものだ。

「お話はよくわかりました。さあ料理が冷えてしまいます」――と子爵は物のはずみで喰《た》べないつもりで冷やした魚にまた手をつけざるを得なくなって、不味《まず》さに眉をしかめながら、「そのお話はそれとして、近ごろ松下さんの例の会はどうですか？」

「はあ、あの会も近ごろはどうも……」――思いがけなく自分の善意が通らなかった最初の経験に面喰《くら》った新倉は、何を言っているのかわからないらしかった。彼は窓のレエスの帷《とばり》を透かしてどうして電車や自動車の往来が見えないのか不思議がっていた。ここが地下室であることも忘れて。窓からは地下の廊下に蒼《あお》ざめて埃《ほこり》をかぶっている植木だけしか見える道理がないのも忘れて。

「しかし、あなたは――」子爵はようやく酔がまわって、やや下《しも》ぶくれの顔を紅《あか》らめ、声高に、「あなたはお若いのに似合わず、友情を大切になさるので喜ばしい。近ごろの青年は都合がわるくなると友情を弊履《へいり》のように捨ててかえりみない。しかもそうすることを青年らしさだと勘ちがいしているのですね。困ったものです」

こんな古めかしい見えすいたお世辞を彼が言い出したのも、妻を憎もうという新たな若々しい感情の燃え上りが、彼の心を殆《ほとん》ど愉快にしはじめていたからではなかろうか。

——食事が済んで新倉がまっすぐ家へかえると言うと、子爵はタクシーをとめて新倉の家まで送ろうと言い出すのだった。
「私のとめるタクシーの運転手は必ず髭《ひげ》を生やしているのや」ステッキを両掌《りょうて》でまわしながら、子爵は運転手にきこえぬように低声《こごえ》で新倉に囁《ささや》いた。「それがふしぎなのや。髭を生やした奴のをとめてやろうと思うと決って髭なしなのです。何も考えないでとめるときっと髭を生やしているのです。実に不思議だ」——と、こんな子爵を見たことのない新倉の丸くしている目をのぞきこんで、「あなた東京中に髭を生やした運転手が何人いるか御存知ですか?」

明秀は清子とどこかへ食事に出かけて留守だったので、夕刻帰宅した夫人との二人きりの晩餐《ばんさん》を子爵はとった。いつになく子爵は饒舌《じょうぜつ》で、あまり巧《うま》くない洒落《しゃれ》を飛ばしたりするのだった。そんな良人《おっと》を、旅からかえったときの良人にそっくりだと夫人は感じた。

さして広い庭ではなかったが、わるく気取らぬ山水が配されて、秋草はわざと茂るに任せてあるので虫の音《ね》が庭全体を浮き上らせるように隈《くま》なくきこえた。洋間の前庭の芝生へ達する小径《こみち》は、離れの茶室（それは京都に住む子爵の弟藤村明信のすすめで殆ど無理強いに拵《こしら》えさせられはしたものの、夫人も茶道には興味がないので荒れはてたままに放置されていた）から、暗夜にもつまずかぬ素直な迂路《うろ》をえがいて、山水をめぐり、涸《か》れた池辺をめぐっていた。貴族院の金曜会の句会はこの庭に句材をひろってひらかれることがたびたびだった。子爵は夕食後一人でこの小径を一トまわりする習慣を、初秋以来持つようになった。必要に迫られて、人は孤独を愛するようになるらしい。孤独の美しさも、必要であることの美しさに他ならないかもしれないのだ。虫は銀河のような夥《おびただ》しさで鳴いていた。曇り空を時折夏の名残の蒼褪《あおざ》めた稲妻が翼をひらめかせてすぎた。空のはてから、駅構内を出てゆく列車の汽笛と軋《きし》りと喘《あえ》ぐような響とが異様にまざまざときこえてくるのだった。その時洋間が花やかに燈《とも》された。やがてピアノがショパンの練習曲を庭へひろげた。窓々から洩《も》れる灯は音楽の静かな輝きのようであった。

藤村子爵夫人は春以来（調律師を呼んでおきながら）このピアノに手をふれたことがなかったのを思い出した。何の気なしに弾《ひ》いてみる気になったのが、たまたま今日の夕食のあとだというだけのことだった。実は今までだって、何度かピアノを弾いてみる気になった。むしろ弾きたくてたまらなかった夜はあったのだった。しかし夫人の天《あま》の邪鬼《じゃく》が抑えつづけた。ピアノ一つ弾くためにも何か心の言訳を考えている自分にいや気がさしたのである。しかし今晩に限って心の言訳の出てくる暇がなかったのを、別に夫人は怪しみもせずに、こうして黒い漆塗りの椅子《いす》にかけてピアノに向っているのであった。

　ピアノの音が鋭く絶たれた。

「誰！　どなた？」

　庭へ通ずる総硝子《ガラス》の扉を外からステッキの首で叩《たた》いているのは子爵であった。散歩半ばに洋間の窓々の燈《あか》りと洋琴《ピアノ》の音に誘われて、悪戯《いたずら》心というのでもなく、子爵は庭づたいに洋間へ入って行こうという気を起したのである。生憎《あいにく》扉は鍵《かぎ》がかかっていた。何の気なしにした小さな試み（そうだ、時あたかも符節を合わしたように、夫人も亦《また》、何の気なしにピアノを弾きかけていたのだが）は挫《くじ》かれた。しかし動作のみ先走って、性急にステッキの象牙《ぞうげ》の首が音高く扉を叩いてしまったのだ。

　この小さな微笑《ほほえ》ましい自然の企図が挫折《ざせつ》した時、挫折は、子爵にとってのものであると同時に、夫人にとってのものでなかったと誰が言えよう。何ものかがこの瞬間に崩れ去ったその響を、夫妻が時を同じゅうして聞かなかったと誰が言えよう。

　藤村子爵は庭に立ちながら、まざまざと室内の露《あら》わな光線のなかで行われるこの一瞬の崩壊を見たのである。それはピアノがはたとやみ、シャンデリヤの下に、すっくと夫人が立ちはだかり「誰！　どなた？」と叫んだ瞬間だ。夫人は殆《ほとん》ど腹をつき出すような醜い威嚇《いかく》するような姿勢で立っていた。丁度燈りの真下になっているので眼や鼻から濃い影が垂れ下っていた。突き出した腹は帯と共にふしぎに厖大《ぼうだい》で、子爵の一刹那《せつな》の印象に従えば、妊《はら》んだ女のようであった。――その彼女がこちらへ向って歩き出した。椅子をおしのけて、つつしみを忘れたほど確信に充《み》ちた足どりで。逆光のために真暗な顔をして。

硝子の扉の鍵が外《はず》された時、子爵は今硝子を隔てて眺めた妻の真暗な顔のことしか考えていなかった。恐怖のための腹立ちを、良人の悪戯をゆるす微笑で辛うじて耐えて、夫人は何か咄嗟《とっさ》の冗談を、部屋へ上って来る良人に投げかけようとしたのだったが、にこりともしない子爵の口から、先手を打って傲慢《ごうまん》に投げ出されたのは次のような潤いのない一言だった。

「今日新倉に会って来た」

「どこで？」

子爵は答えないで安楽椅子に深々と身を埋《うず》めた。夫人にはこれほど子爵が憎々しくみえたことはないような気がした。

「どこでお会いになりました？」

「キルシエで。きのう河盛君の結婚式のとき明日ぜひ明秀のことで話したいと言うから私がキルシエへ招いたのだ」

「さようでございますか」

「私は承知しないよ。私は承知しないよ。私はいやだ」

「何のことでございます」

「ああ、悪かった。もっと穏やかに話すとしましょう。新倉はね、明秀にたのまれて、清子との結婚について私の意向を質《ただ》しに来たのだよ」

「何か御不審なことがおありになるなら」と夫人の声は苦しげになった。「それならそうと仰言《おつしや》って下さいまし」

「何も不審なことなんかありはしない。新倉がそう言い、私が断った。明秀は新倉などを通ぜずに、どうしてお前を通じて私の承諾を求めようとしないのやろう」

夫人は一瞬良人のこの独《ひと》り言の意味がわからなかった。はじめ良人は明秀を責めているような口調だった。夫人はそのつもりできいていた。しかしこの最後の独《ひと》り言は、どうやら探りを入れているとしか思えないのだった。探りを入れるべき何が残っているというのだろう。

「さあ、明秀はどう考えておりますか……」

「明秀じゃないのだ。おまえの考えをきいているのさ」

「だって、今明秀と……」

「おまえは何故《なぜ》私に直接にこの話をもちかけなかったのだい。何かうしろめたいことでもある人のような振舞だ」

それに対して、『今まで若い二人のことをたびたび告げても何一つ取り合おうとしない子爵の態度に業を煮やして、明秀にも無断で、まず新倉から子爵の真意を窺《うかが》わせようと試みたのだ』と、素直にありのままに答えるつもりであった夫人が、このはじめて露骨に示された疑惑の言葉で、身構えた。スリッパの中で白い足袋《たび》の指さきが快く引緊《ひきしま》るのが感じられたほど、彼女は母の勇気でもない妻の勇気でもない一人の女の勇気に身を揺《ゆす》られていたのである。

「ええ、うしろめたいからですわ。あなたは何もかもよく御存知ですわ。わたくし明秀のことなんかよりももっとあなたに申上げたいことがあったのよ。あなたのように卑《いや》しい疑ぐり方をなさる人は損ですことよ。あなたが卑しくおなりになったおかげで山内さんが急に御立派に見え出したところで、それはわたくしのせいではございません。わたくしは今ではあなたよりずっと山内さんを尊敬しております。尊敬していることさえ、あなたのような卑しい気持の方の前では憚《はばか》らなければなりませんから、わたくし新倉さんに万事をお頼みしただけですの」

「今さら尊敬しているなんて、美しい言葉を使わなければならんのかな。あなたは山内氏を愛していると言えるだけの勇気を持っている人の筈《はず》なのだが……」

藤村子爵は激昂《げっこう》の外に居た。彼は自分がむやみと「卑しい人間」にされることが滑稽《こっけい》な気がするのだった。子爵の矜《ほこ》りはそんなことでは一向痛まなかったので、むしろうんと卑しい人間になってみせるのも一興だと思うだけだった。この春明秀が京都に叔父明信を訪れたとき、明信は藤村家の人間が人生の趣味性をのりこえることができず、その趣味性のおかげで漸《ようや》く生に耐えている傾向があることを物語った。藤村子爵にも時としてこの趣味性を生が乗り越えようとする瞬間が訪れるのだった。しかし忽《たちま》ち保身の理性がよみがえって、彼を持続のない感情の持主、断片的感想家（それなりに却々《なかなか》鋭く皮肉な）の一人に引戻すのであった。現在、子爵の顔には昼間新倉との対話の間で鮮烈にえがかれて来た若々しい憎しみの隈取《くまどり》が加速度に色褪《いろあ》せつつあった。今では憎む権利も愛する権利も、目の前のこの激情にかられて少年のように拳《こぶし》をにぎっている妻のみが持っているように思われた。しかし藤村夫人は無力な良人への最後の同情の表示ともきかれる思いがけない言質《げんち》を与えてしまうのだった。

「ちがいますことよ。尊敬しているだけです。わたくし山内さんを愛しておりません。

あなたが何と仰言ろうと、わたくし山内さんを愛してはおりません」

先程の痛烈な攻撃で毫《ごう》もひるまなかった藤村子爵が、このあまりにも明白な有利な告白のほうで、数倍おどろいた顔つきを余儀なくされたのは皮肉である。子爵は医者のような眼差《まなざし》になって妻の姿をじろじろ眺めた。妻がこれから何を言い出すのか怖《こわ》かった。むしろ妻が山内氏を愛していると言ってくれたらどんなに気が楽だったであろう。子爵は今しがたのふしぎな宣言に麻酔をかけられて、少くとも初夏からの数カ月、嫉妬《しっと》によく似た不快の中に暮らしつづけたその当の良人が自分であることを忘れてしまったように見えた。

藤村夫人が秋の夜空をかすめてすぎる音のない稲妻にこれほどふさわしくみえた夜はなかった。彼女は漆の椅子に斜めに掛けていた。この漆の鏡が夫人の地味な古代裂《こだいぎれ》の袋帯と秋袷《あきあわせ》の投影を落していた。

彼女はわれ知らず言ってしまった今の大それた宣言を反芻《はんすう》してみた。物のはずみというものであろうか。そうではなかった。しかし夫人自身には何か確たる効果を期待してそれを言ったとは思えなかった。しかも決して失言だとも思わず、さりとて本心だとも思えなかった。

いわば良人のあの露骨な疑惑がこの場の夫人を救ったのであった。新倉にたのんだいきさつをありのままに答えようとした気持を崩されて、嘘《うそ》以外の何も言わぬ決心を咄嗟に夫人は固めたのであった。そして良人の心をはかりかねて新倉を利用した気持のなかに、無意識裡《り》に山内氏への愛の後《うし》めたさが動いていたとは知らない夫人は、その動機に山内氏への愛を加えることが、単に嘘であるということ以外に、藤村子爵を純粋に憎むために必要な操作だと考えたのだった。しかし夫人は言いえなかった。嘘で固めた領域に、山内氏への愛をも導き入れて語ることが耐えがたく思われた。「尊敬している」と二重の嘘をついた。こうした凡《すべ》ての意慾《いよく》は、藤村子爵を憎むという一つの純粋な目的のために捧《ささ》げられていたのだった。

「あなたは山内氏を愛していると言えるだけの勇気をもっている人の筈なのだが……」

良人のこのやさしい皮肉をきいたとき、藤村夫人は何を感じたのか。彼女はこれほど誠実をこめた憎しみの対象が、張子《はりこ》にすぎなかったことを知ったのである。彼女はさとったのである。今子爵が待ちのぞんでいるものは、「わたくし山内さんを愛しています」という妻の一言に他ならないことを。――藤村子爵は一人の衰えた初老の良人として、薄ら笑いをうかべながら、かほど熱情の熾《おき》をかき立てて自ら苦しんでいる妻を傍観しているだけなのだった。

この瞬間、夫人はこのもはや憎むに足りない男に対して嘘いつわりをいうことは清浄潔白な行為に他ならない所以《ゆえん》をさとったわけだ。もはやその愛が嘘でけがされる惧《おそ》れもなしに、藤村夫人は何ら憎しみの動機をもたないはじめての目覚《めざま》しい嘘を意気揚々と述べたのだった。

「……わたくし山内さんを愛しておりません。あなたが何と仰言《おつしや》ろうと、わたくし山内さんを愛してはおりません」

窓にかけた繊細な鳥籠《とりかご》のなかで、つがいの瑠璃《るり》が囀《さえず》っていた。鳥籠の影は秋の午前の乾いた人なつっこい匂《にお》いを立てている絨毯《じゅうたん》の上に落ちていた。二羽は落着きなく飛び交《か》わす翼の影で波斯《ペルシャ》絨毯の色あせた怪獣の模様をたえず明るませたり翳《かげ》らせたりした。しかし日差は壁にかけられた例のシャヴァンヌや、その下の祖父の小さな風景画などには及んでいなかった。

あいかわらず明秀の机の上は乱雑でもあり片附いているようでもあった。その乱雑さにはふしぎな秩序があり、日ざしにめくれた雑誌までが何か端正だった。いつものように、無雑作に重ねられた古写本の上にはまじないめいてパイプが載っかっていた。

昨夜おそくかえった明秀は、今朝の食事をすますと匆々《そうそう》、折しも来客がかえったあとの客間へ父子爵から呼ばれたのであった。話したいことがあるからと、召使が食堂へもたらした事々しい伝言であった。明秀は母と顔を見合わせたが、その一瞥《べつ》で、母の予《あらかじ》め知っている用件だとわかってしまった。

「何の御用でしょう」

「お母さんに訊《き》いたってわからないよ。早く行っていらっしゃい」

藤村夫人はマンテルピースに飾られた投入れの秋草を根気よく形を直してはためつすがめつしながら、そしらぬふりで答えた。

しかし明秀が客間へ行ってしまうと不安で足がしびれて来た。殆《ほとん》ど立っていられなかった。

結果を明秀一人の口からきくために、二階の明秀の書斎で待とうと考えた。本を借りに入ったということを口実にして。

夫人は仕様ことなしに書斎の窓にかけられた鳥籠の餌《え》をとりかえた。それから英国人の肖像画家の筆に成る祖父の肖像画や、祖父の遺作の小風景画や、シャヴァンヌの画や、机の積み重ねられた本のあいだにつつましやかに置かれている清子の写真などを順々に眺めた。そのうち瑠璃の囀りがめまぐるしく頭のなかをかけまわるので、両手の指で耳を押えた。

入って来た明秀は耳を押えてぼんやりしている母の姿を見出だした。

「どうしたの？」

「いいえ、あのね、御本を借りに来たんですよ」

明秀は母のこの狼狽《ろうばい》した言訳に微笑した。静かな微笑で、それを見ると夫人には自分の不安が明秀から余程遠いところでさわぎ立っていたものだとさとるのだった。

「お父さん、何と仰言って？」

「清子さんと結婚しろと仰言いました」

「そう仰言った？　ほんとうにそう仰言った？」

——昨夜のあの昂奮に際しても涙一滴こぼさなかった豪毅《ごうき》な夫人が、急に引寄せられたようにベッドにかけ寄ると、朱いろの勝った繻子《しゅす》の寝台掛に顔を伏せて思うさま泣いた。この嬉し涙からは良人も息子も、もしかしたら山内氏すらも除外されている、彼女一人のたのしい忘我の世界であった。

明秀は窓のそばの椅子に腰かけて母の泣きやむのを待っていた。いつか箱根の別荘で「ありたけの力で助けますからね」と言った時の母の怖ろしい顔が思い出された。いつまでたっても藤村夫人は泣きやまなかった。窓辺にもたれた明秀は耳もとの苛立《いらだ》たしい羽搏《はばた》きを、幸福の羽搏きとはこんなものかしらとぼんやり感じながら、庭の芝《しば》生《ふ》や木叢《こむら》の豊かな悲哀に充《み》ちた秋のかがやきを眺めていた。この光りの遍満のなかで万象がしずかに音もなく熟《う》れているのだった。白い浮雲に時折ちりばめられる黄金虫《こがねむし》の飛翔《ひしょう》も、この音もなく熟れてゆく時間の壮麗な静けさを、際立《きわだ》たせる役にしか立たなかった。

明秀は立上って帽子を手にとると、

「じゃあお母《たあ》さん、僕これから清子さんに知らせて来ますから」

「ああ行っていらっしゃい。お母さんがくれぐれもよろしくいっていたと伝えて頂《ちょう》戴《だい》」明秀はこんな母親の涙声に、ともすれば彼を掣肘《せいちゅう》して来たものへの憧《あこが》れを、今更らしく感じたりする余裕があった。彼は丹念に帽子の型を整えた。

「お母さん、行ってまいります」

「一寸待って！　式の日取はいつにするの？」

「いつでも佳《よ》さそうな日を選んでください」

――何もかも人まかせの、この安逸な、そのくせ目だけは別の生き物のように情熱的な青年はそう答えた。

第六章　実行——短き大団円

永遠に女性なるもの
我らを引寄するなり

——ゲエテ「ファウスト」第二部

一九三＊年十一月＊日、藤村子爵《ししやく》家の嗣子明秀と山内男爵の令嬢の清子とが、彼ら自身の結婚式の当夜情死した事件は、忽《たちま》ちさまざまな揣摩《しま》臆測《おくそく》の潮《うしお》に巻き込まれた。遺書もなく事情をよく知る友人もなかった。死ぬべき理由といったら、彼らが幸福でありすぎたということの他《ほか》には見当らなかった。それだけでも十分の理由というべきだが、世間は「十分の理由」には信を置かないのである。

やがて神秘が誕生した。世の人たちは、死が生の空白を埋めるためにのみ呼び寄せられるものではなく、生の充実をより確実なものとするためにも呼び寄せられうる、という新らしい教義を学んだ。明秀と清子はこの世で最も完全な恋人同士らしく空想された。世間の親たちはこの奇妙な流行におびえて、彼らの子女が結婚式当夜死を選びはすまいかと、警戒おさおさ怠りなかった。

新倉は新倉で友達をつかまえては月並な一家言を繰り返していた。「ねえ、君、快楽という奴はこんなにまで厳粛なものなんだね」

藤村子爵夫人は病気にかかった。息子と嫁との死について何一つ秘密をかぎつけえなかった屈辱がもたらした病気であった。一週間ほど寝ていて彼女は恢復《かいふく》した。熱が三十九度を越えたとき、夫人はしきりに「もう死ぬ、死ぬ」と口走ったが、彼女には生憎《あいにく》、死ぬことなど出来はしなかった。それ以来会う人毎《ごと》に藤村夫人は、生とはこの世にあって苦悩に耐えうるものにだけ与えられるたえざる試煉《しれん》の連続であって、生は死よりも数層倍困難な所以《ゆえん》をしきりに述べ立てた。

京都の藤村明信は自分が少しも甥《おい》の死を悲しんでいず別に涙もこぼれ出そうにないことを発見してほっと安心した。安心してからはじめて泣きだすという常道をとるには、この男はすこし良心的すぎた。えてしてこんな気のいい人間が冷酷呼ばわりをされるものである。

山内家と藤村家は次第に離れ去った。藤村子爵はなごやかな老年を迎える準備が、諸事きよらかに整えられてゆく気配を感じた。息子と嫁の位牌《いはい》のまえに坐るたびに、何故ともしらず、子爵はあの河盛家の結婚披露《ひろう》宴の群衆の姿を思い浮べるのだった。あの控室の煙草《たばこ》の煙霧のなかで、かれらは気の毒になるほど一生けんめい喋《しゃべ》りつづけた。片時もお喋りがかれらの唇を襲わない時はなかった。これは業《ごう》に庶幾《ちか》かった。地球全体がこうしてわやわやと喋りつづけているのだった。「今日は」とか「いやこの間は失礼」とか、「それは一寸《ちょっと》問題だね」とか「よく考えてみましょう」とか「まことに申訳ない」とか「何をこの野郎」とか「あなたを愛します」だとか。――地球という天体は喋りながらまわっている月だった。喋りつづけているおかげで、人類は地球がもうすっかり冷却して月とかわりのなくなっていることに気附かない。しかも地球という天体は洒落気《しゃれつけ》のある奴で、皆が気附かなければそれなりに、そしらぬ顔をして廻りつづけているのだった。

彼らがひっきりなしに喋っているのも、畢竟《ひっきょう》、生からのがれようとしての悪あがきだ。彼らは正《まさ》に生きている。しかもたえず生の偸安《とうあん》をしか思いめぐらさない。生を避けることによって生に媚態《びたい》を呈しているこんな生き方は、時としてあの古代の牧歌に歌われた少女の媚態のように、ういういしく美しく見えることがないではない。

……かくて、おみなは柳の蔭《かげ》に隠れしが、

己れの見らるる事を願えり。

それにしても、決して生をのがれまいとする生き方は、自《みずか》ら死へ歩み入る他はないのだろうか。生への媚態なしにわれわれは生きえぬのだろうか。丁度眠りをとらぬこと七日に及べば死が訪れると謂《い》われているように、たえざる生の覚醒《かくせい》と生の意識とは早晩人を死へ送り込まずには措《お》かぬものだろうか。

明秀はたえず苦痛に、（この生の明確な証拠に）目ざめていた。それが彼を殺したのだ、と子爵は忖度《そんたく》してみるのだった。だから明秀と清子は、饒舌《じょうぜつ》の代りに、この世に一つの沈黙を遺《のこ》して行った。即《すなわ》ち決して解き明かされぬ一つの秘密を。

どうしてこの秘密が、この沈黙が、彼らのかけがえのない一つの言葉になるまで、二人は生に耐えていようとしなかったのかと、子爵はそれを憤《いきどお》った。そういう一つの言葉の誕生のためにこそこの世界は用意されているのではなかったか。なぜ二人は饗《きょう》宴《えん》の用意を見捨てて去る気忙《きぜわ》しい旅人のように去ったのか。

かくて若い自殺者を追慕する老人に特有な、あの慈愛と侮蔑《ぶべつ》の入りまじった苛立《いらだ》たしい眼差《まなざし》を、子爵はいつしかきらびやかな位牌《いはい》へ向けるようになった。

しかしまた莫迦《ばか》げ切った目的のために死ぬことが出来るのも若さの一つの特権である。明秀と清子の死がそれに近かったとは言えないにしても、二人の死の効用は子爵が考えたよりももっと卑近な、それだけにもっと怖《おそ》るべきところに在ったのかもしれなかった。次に述べる一挿話《そうわ》はこの間の消息を若干暗示するようにも思われるのである。

藤村・山内両家が限りない哀悼に明け暮れたその年も終りに近づき、東京に恒例《こうれい》の十二月二十日ごろの初雪もすぎた、降誕祭前夜のことであった。時世は緊迫して中華民国北部に戦争の起りそうな気配が伝えられていた折柄、その年のクリスマスは一しお乱痴気さわぎが甚《はなは》だしかった。

某家の夜会に招かれていた原田美子は、新らしい恋人の青年と一緒に出掛けて行った。美子好みの色の浅黒い部厚な顔に不遜《ふそん》な若々しい眼を持った・握手をされたらこちらの手が二三日痛みそうな青年であった。美子は三宅とはこの秋に別れたばかりだった。別れ話の原因は何か他愛のないことらしかった。ところが人気というものは怖ろしいもので、何か他愛のないことで離婚できる美人という折紙がつくと、青年たちには他愛のないことで結婚できる美人よりも数倍の魅力が加わるようであった。こうして美子の身辺は相かわらず賑《にぎ》やかで、面白いごたごたとそのごたごたの直接間接の見物人・傍聴人・アナウンサー・聴衆でとりまかれていたわけだが、何故か彼女は鏡を怖れているということだった。何時間もの念入りな化粧が済むと、三面鏡を音高く閉めてふりむきもしないという噂《うわさ》が撒《ま》かれていた。

某家のクリスマスの晩餐《ばんさん》が済んで、ダンスをするために来客たちがぞろぞろと別室へ移って行ったとき、さきほどからその遅参を気にされていた名高い伊達者《だてしゃ》が、登場の時刻を小気味よくわきまえた主役のように、優雅な歩調で客間の人たちの方へ歩み寄って来た。美子も名は伝え聞いているが、顔は今日はじめての三十恰好《かっこう》の青年であった。

主人役の某家の夫人が二人を飾り立てた樅《もみ》の木の傍《かたわ》らで紹介した。

「こちら佐伯さん」

「こちら原田さん」

「はじめまして」

「どうかよろしく」

美子は顔をあげてはじめてまじまじとこの類《たぐ》いまれな美貌の青年を見詰めた。二人の目が傍目《はため》には甘美に出会った。しかし目を合わせた途端《とたん》に、二対の瞳《ひとみ》は暗澹《あんたん》とみひらかれ、何か人には知られない怖ろしい荒廃をお互いの顔に見出《みい》だしでもしたかのように、お互いに相手の視線から必死にのがれようとし、この醜悪な予感が彼らの目から彼らの頬へと移行し、その頬を夜明けの海のような暗い青みがかった色調で覆《おお》い、その唇を死灰の色と味わいで充《み》たすのに任せたまま、しばらくは恐怖に縛《いまし》められて立ちすくんでいた。美子のほうが先に、戦慄《せんりつ》しながら、辛うじて二歩三歩後ずさりした。二人は同時に声をあげてこの怖ろしい発見を人々の前に語りたい衝動にさえ駆られていた。今こそ二人は、真に美なるもの、永遠に若きものが、二人の中から誰か巧みな盗賊によって根こそぎ盗み去られているのを知った。

解説

武田泰淳

新潮社版『三島由紀夫作品集』第一巻に、作者自身のあとがきがある。

「――子供らしい夢想から、私はラディゲの向うを張りたいと思っていた。私は年齢に執着した。同じ年齢で、同じ量の、同じ質の作品でもって、対抗したいと考えた。その無慙《むざん》な結果は、今、私の目前にある。私はこれを読み返す。そしてそのころの稚心を少しも恥じようとは思わない」

『盗賊』は、たしかにラディゲの作品とは異質である。しかし決して「無慙な結果」ではない。三島氏は「そのころの稚心を少しも恥じ」る必要がないどころか、むしろ誇るべきである。第一、稚心などという単語と、これほど無縁な作品はない。小説を製作するための技術、つまりは作家が自己の精神を吟味《ぎんみ》し表現する操作に関して、豊富な手がかりを提出している点では、『仮面の告白』より大切な長編だとも言える。

恋愛の美しさなるものを信じられない作者が、美しい恋愛談を創作しようとした場合、まず『盗賊』の取上げたテーマほど適当なものは、そう多くはないであろう。藤村明秀と山内清子は、互いに恋人ではない。この二人はしかも世の平常の恋人どうしより、はるかに固く結合されている。明秀は清子ではない他の女性のため、清子は明秀ではない他の男性のため、共に失恋者となり、共に死を決意している。彼と彼女は、互いの失恋に同情しあって心中を企《たくら》んだのではない。めいめい自分だけの独自の径路をたどって、自分一個の死を決意してのちに、相い会ったのである。すべての人間関係が、きわめて理智的に処理されているこの小説に在って、とりわけ理智の結晶した氷花で飾られているのは、この不幸な（或る意味では幸福な）一組の男女関係である。明秀も清子も、純情ではあるが弱々しくはない。二人の関係には肉体のからみあいも精神の葛藤《かっとう》もよせつけない、一種の純粋な頑固さがある。一瞬に燃えあがる激情ではなくて、冷徹な精神の持続が、この関係を支えている。

　明秀を、作者はかなり手ひどくとりあつかっている。彼のほんのわずかの動揺をも、作者は見逃さない。明秀には、死によって佐伯や三宅や美子を批判する役割があたえられているだけに、作者は彼を特別あつかいしたり、いい子にしてしまわないように、細心の注意をはらっている。彼の死を少しでも美化しようとする手つきが露見してしまったら、そんな不手ぎわな自分を許すことは、三島氏にはできないのだ。作者は、明秀があくまで平凡な一青年にすぎないことを、最後まで執拗《しつよう》に主張しつづける。しかもこの平凡な内気な一青年が、何かしら、全く新しい、みずみずしい「生の意味」を啓示しようとして登場しているという予感が、発端からして、読者につきまとう。彼からあらゆる重要人物らしき徴候を取り除くことにおささ怠りない作者が、一方では、彼なしではすまされない劇を巧妙正確に進行させて行く。この操作は、作者によって、一見はなはだ楽々と遂行されているため、これが日本の小説家にとって実に困難な仕事であることが見逃されるかもしれない。たんなる自虐《じぎやく》や自己暴露《ばくろ》では、発展せずに燃焼してしまう。そのような甘ったれた誠実さを、作者はもっとも嫌悪《けんお》している。卑小なるものを卑小だと言い切ることは、何とたやすい業《わざ》であろうか。三島氏は、言い切ることが小説にとって、何ら加えること無いのを、よく承知している。卑小な明秀を死に向って生かしてやる、充分に小説的に厳密に測定された時間だけ生かしてやるための行きとどいた配慮。いかなる痛烈な批判者よりも抜け目ないやり方で、彼が自分の本質をさらけ出しながら運命を形成して行けるように、彼に代って計画を樹立してやること。それが小説家の愛とするならば、『盗賊』の三島氏は、たしかに愛の実践者なのである。

死は死であって、生ではない。明秀がたとえどう死を解釈し楽しもうとも、彼の解釈し楽しんでいる「死」、これが死だと思いこんでいる「死」は死そのものではなく、彼の生の投影にすぎない。うすうすそれに勘づいている明秀に、悲壮みや詠歎《えいたん》が少いのは当然である。彼は或る意味では、自分の「死」をはずかしがっている。自殺企図者を描こうとする作者も同様、得意がるよりは、はずかしがっている。メロドラマ的な「死」の悲壮、流れやすい涙を盗む「死」の哀感、そのような「死」の事件を小説に利用することに対する、潔癖な羞恥《しゅうち》心が、三島氏をなやまし、用心深くさせている。この羞恥心が生み出す抑制と礼儀正しさこそ、三島氏の技術をただ技術とのみ言い棄てさせぬ秘力である。作者の内心に、この抑制と礼儀正しさがあればこそ、美子と三宅の醜態の前にさらされた明秀のぶざまさ、清子の手を握ろうとする明秀のおろかさが、かなり強烈な印象を残しつつも、この小説全体の、意識的によく調和された、人工の「時間」の流れに溶け入るのである。

もっともあざやかな象徴と化し得た堅固な人物は、清子である。数少い軽いタッチで描き出されている清子は、『禁色《きんじき》』の悠一《ゆういち》や『愛の渇き』の悦子より、象徴としてははるかに完全である。彼女に近いゆるぎない存在は『春子』の路子《みちこ》ぐらいであろう。ただ一個処《かしょ》、彼女が明秀に死の企図を打ち明けてからの最後のことば、「私たちは出会いました」以下の数十行は、やや性急にわざわざ象徴になりたがっている趣きがあって、賛成できない。このへんが、作者が自己批判しているとおり「およそ反対概念である仏蘭西《フランス》心理小説と独逸《ドイツ》浪漫派小説の奇妙な混淆《こんこう》」の一例と称すべきか。

原田夫人、藤村夫妻、山内夫人など中年の男女はそれぞれ、生きている醜骸《しゅうがい》としての精彩を放っている。若き二人の死の重みを、めいめいちがった角度から、ちがったかたちで受けとれるだけの、精神的体格が、彼等にはそなわっている。山内氏だけが少しくあいまいである。おどけ役の新倉青年と可憐《かれん》な宗久少年は、万事ひかえ目で意志表示を避ける明秀を、しっかり存在させるためには、絶好の配役である。また、逃れることのできぬ社会や世代のひろがりを、死をめざす明秀の周囲に、それとなく附け加えてくれる。

第六章「実行――短き大団円」こそは、三島氏の全小説、戯曲を通じて、私の一番愛好する結末である。とりわけその後半、

「こちら佐伯さん」

「こちら原田さん」

「はじめまして」

「どうかよろしく」

と、この世に於《お》いては恋の勝利者たる、したたかな美男美女、佐伯と美子がはじめて

相視《あいみ》るくだりは、「二人の目が傍目《はため》には甘美に出会った。しかし目を合わせた途端《とたん》に、二対の瞳《ひとみ》は暗澹《あんたん》とみひらかれ、何か人には知られない怖ろしい荒廃をお互いの顔に見出だしでもしたかのように」以下、まさにさわりの名調子が何の無理もなく読む者の胸にしみわたる。この結末を読了したとたんに、今まで作者が並々ならぬ労苦を重ねて積み築いた「時間」が、発端《ほったん》に向ってしずかに、過不足なく波立ち逆流して行くのを感ずるであろう。まさしく天の鉄槌《てっつい》、重々しき罰の掌は、音もなく落下して、その震動がこころよく、ここまで継続して来た文章の電線の網の目のはしばしに至るまでひびき伝わって行く。あたかも、天の声がその網の目のできの良否を試《た》めし調べるかのように。そして、高原に於ける二回の夏のまひるどきの、美子や清子の風にひるがえる衣の裾《すそ》、嬌声《きょうせい》とためいき、肌の白さと紅潮、非情やもの想いなどが、まるで明秀の死後の瞳《ひとみ》に映じ出されるかのように、意味ふかくよみがえってくるであろう。一九四六年の正月にこの長編を書きはじめたとき、三島氏は、多くの風俗作家、大衆小説家にくらべ、はるかに道義的な青年だったのだ。芸術に対して道義的であったばかりではない。モラルを口ぐせにするニセ教育文学者の意味するモラルの点でも、彼等よりずっと道徳的だったのである。

この長編処女作が、部分的には、肉うすくして骨あらわれた感があるのは、認めざるを得ない。骨とは、論理であり、説明であり、主張であり、警句であり、才智である。ツルゲネフの『初恋』などと比較すると、この傾向がよくわかる。『初恋』には、ことさらな死は語られていない。しかし太陽にきらめく野花や濃厚な土の香に包まれたロシア女性の、はなやかで充実した「生」は、生そのものであることによって、かえってひそかに地上に充満する死の気配を感ぜしむる。ツルゲネフの小説は、骨をあらわに示さずに、肉づきだけでよく骨格を知らせる。したがって肉は自然の弾力を失わない。『盗賊』はやや神経過敏のため、肉色が蒼《あお》ざめたきらいがある。しかし私は、骨なし小説の多すぎる日本にあっては、多少骨のきしみが耳ざわりでも、三島氏の長編の骨格の正しさを尊重し宣揚したいと思う。

（昭和二十九年四月、作家）

三島由紀夫著
仮面の告白
女を愛することのできない青年が、幼年時代からの自己の宿命を凝視しつつ述べる告白体小説。三島文学の出発点をなす代表的名作。

三島由紀夫著
花ざかりの森・憂国
十六歳の時の処女作「花ざかりの森」以来、巧みな手法と完成されたスタイルを駆使して、確固たる世界を築いてきた著者の自選短編集。

三島由紀夫著
愛の渇き
郊外の隔絶された屋敷に舅と同居する未亡人悦子。夜ごと舅の愛撫を受けながらも、園丁の若い男に惹かれる彼女が求める幸福とは？

三島由紀夫著
禁色
女を愛することの出来ない同性愛者の美青年を操ることによって、かつて自分を拒んだ女達に復讐を試みる老作家の悲惨な最期。

三島由紀夫著
鏡子の家
名門の令嬢である鏡子の家に集まってくる四人の青年たちが描く生の軌跡を、朝鮮戦争直後の頽廃した時代相のなかに浮彫りにする。

三島由紀夫著
潮（しおさい）騒
新潮社文学賞受賞
明るい太陽と磯の香りに満ちた小島を舞台に海神の恩寵あつい若くたくましい漁夫と、美しい乙女が奏でる清純で官能的な恋の牧歌。

三島由紀夫著
近代能楽集
早くから謡曲に親しんできた著者が、古典文学の永遠の主題を、能楽の自由な空間と時間の中に〝近代能〟として作品化した名編8品。

三島由紀夫著
午後の曳航《えいこう》
船乗り竜二の逞しい肉体と精神は登の憧れだった。だが母との愛が竜二を平凡な男に変えた。早熟な少年の眼で日常生活の醜悪を描く。

三島由紀夫著
宴《うたげ》のあと
政治と恋愛の葛藤を描いてプライバシー裁判でかずかずの論議を呼びながら、その芸術的価値を海外でのみ正しく評価されていた長編。

三島由紀夫著
音楽
愛する男との性交渉にオルガスムス＝音楽をきくことのできぬ美貌の女性の過去を探る精神分析医――人間心理の奥底を突く長編小説。

三島由紀夫著
真夏の死
伊豆の海岸で、一瞬に義妹と二児を失った母親の内に萌した感情をめぐって、宿命の苛酷さを描き出した表題作など自選による11編。

三島由紀夫著
青の時代
名家に生れ、合理主義に徹し、東大教授への野心を秘めて成長した青年の悲劇的な運命！光クラブ社長をモデルにえがく社会派長編。

三島由紀夫著

春の雪
（豊饒の海・第一巻）

大正の貴族社会を舞台に、侯爵家の若き嫡子と美貌の伯爵家令嬢のついに結ばれることのない悲劇的な恋を、優雅絢爛たる筆に描く。

三島由紀夫著

奔馬
（豊饒の海・第二巻）

昭和の神風連を志した飯沼勲の蹶起計画は密告によって空しく潰える。彼が目指したものは幻に過ぎなかったのか？　英雄的行動小説。

三島由紀夫著

暁の寺
（豊饒の海・第三巻）

〈悲恋〉と〈自刃〉に立ち会った本多繁邦は、タイで日本人の生れ変りだと訴える幼い姫に出会う。壮麗な猥雑の世界に生の源泉を探る。

三島由紀夫著

天人五衰
（豊饒の海・第四巻）

老残の本多繁邦が出会った少年安永透。彼の脇腹には三つの黒子がはっきりと象嵌されていた。〈輪廻転生〉の本質を劇的に描いた遺作。

三島由紀夫著

女神

さながら女神のように美しく仕立て上げた妻が、顔に醜い火傷を負った時……女性美を追う男の執念を描く表題作等、11編を収録する。

三島由紀夫著

岬にての物語

夢想家の早熟な少年が岬の上で出会った若い男と女。夏の岬を舞台に、恋人たちが自ら選んだ恩寵としての死を描く表題作など13編。

三島由紀夫著

サド侯爵夫人・わが友ヒットラー

獄に繋がれたサド侯爵をかばい続けた妻を突如離婚に駆りたてたものは？　人間の謎を描く「サド侯爵夫人」。三島戯曲の代表作2編。

三島由紀夫著

鍵のかかる部屋

財務省に勤務するエリート官吏と少女の密室の中での遊戯。敗戦後の混乱期における一青年の内面と行動を描く表題作など短編12編。

三島由紀夫著

ラディゲの死

〈三日のうちに、僕は神の兵隊に銃殺されるんだ〉という言葉を残して夭折したラディゲ。天才の晩年と死を描く表題作等13編を収録。

三島由紀夫著

小説家の休暇

芸術および芸術家に関わる多岐広汎な問題を、日記の自由な形式をかりて縦横に論考、警抜な逆説と示唆に満ちた表題作等評論全10編。

三島由紀夫著

殉教

（『獅子・孔雀』改題）

少年の性へのめざめと倒錯した肉体的嗜虐の世界を鮮やかに描いた表題作など9編を収める。著者の死の直前に編まれた自選短編集。

三島由紀夫著

葉隠入門

〝わたしのただ一冊の本〟として心酔した「葉隠」の濶達な武士道精神を現代に甦らせ、乱世に生きる〈現代の武士〉たちの心得を説く。

三島由紀夫著

鹿鳴館

明治19年の天長節に鹿鳴館で催された大夜会を舞台として、恋と政治の渦の中に乱舞する四人の男女の悲劇の運命を描く表題作等4編。

三島由紀夫著

絹と明察

家族主義的な経営によって零細な会社を一躍大紡績会社に成長させた男の夢と挫折を描く。近江絹糸の労働争議に題材を得た長編小説。

新潮文庫編

文豪ナビ　三島由紀夫

時代が後から追いかけた。そうか！　早すぎたんだ――現代の感性で文豪の作品に新たな光を当てる、驚きと発見に満ちた新シリーズ。

川端康成
三島由紀夫著

川端康成
三島由紀夫　往復書簡

「小生が怖れるのは死ではなくて、死後の家族の名誉です」三島由紀夫は、川端康成に後事を託した。恐るべき文学者の魂の対話。

D・キーン
松宮史朗訳

思い出の作家たち
―谷崎・川端・三島・安部・司馬―

日本文学を世界文学の域まで高からしめた文学研究者による、超一級の文学論にして追憶の書。現代日本文学の入門書としても好適。

山崎豊子著

沈まぬ太陽
(一)アフリカ篇・上
(二)アフリカ篇・下

人命をあずかる航空会社に巣食う非情。その不条理に、勇気と良心をもって闘いを挑んだ男の運命。人間の真実を問う壮大なドラマ。

新潮文庫の新刊

盗《とう》賊《ぞく》

新潮文庫　み－3－4

昭和二十九年四月三十日　発行
平成十六年六月二十五日　六十四刷改版
令和七年九月五日　七十一刷

著者　三《み》島《しま》由《ゆ》紀《き》夫《お》

発行者　佐藤隆信

発行所　株式会社　新潮社

郵便番号　一六二―八七一一
東京都新宿区矢来町七一
電話　編集部(〇三)三二六六―五四四〇
読者係(〇三)三二六六―五一一一
https://www.shinchosha.co.jp

価格はカバーに表示してあります。

乱丁・落丁本は、ご面倒ですが小社読者係宛ご送付ください。送料小社負担にてお取替えいたします。

印刷・錦明印刷株式会社　製本・株式会社植木製本所

ISBN978-4-10-105004-1 C0193